講談社文庫

神楽坂つきみ茶屋4

頂上決戦の七夕料理

斎藤千輪

講談社

目次

プロローグ「不安を誘う近隣の新店舗」——7
第1章「盗まれた献立〝桜の花見膳〟」——20
第2章「献立泥棒の正体が発覚！」——68
第3章「ライバル店と屋台で対決」——101
第4章「頂上決戦の七夕料理」——132
第5章「迫りくる邪悪な気配」——184
第6章「遠い記憶の仕出し料理」——231
エピローグ「取り戻した日常の朝餉」——263

神楽坂つきみ茶屋4

～頂上決戦の七夕料理～

プロローグ「不安を誘う近隣の新店舗」

「翔《しょう》ちゃん、剣士《けんじ》くん！　ちょっと大変なの。これ見てよ！」


つきみ茶屋の新装開店から半年ほど経った初春のある晩。

次の週替わり献立の試作をしていた月見《つきみ》剣士と風間《かざま》翔太《しょうた》の元に、新橋《しんばし》の料亭で芸者のアルバイトをしている藤原蝶子《ふじわらちょうこ》がやってきた。

日本髪の鬘《かつら》に艶《あで》やかな着物姿の蝶子。仕事終わりにこの店に寄り、仕込みを終えた剣士たちと飲んでいくことも多い彼女は、今や腕利きの料理人となった翔太がバーテンダーだった頃からのファンである。

「どうしたんだ？　そんなにあわてて」

料理を盛り付ける手を休め、和帽子に作務衣《さむえ》姿の翔太がカウンターに向かう。和服姿の剣士もあとに続く。

「これ！　このチラシ、武弘《たけひろ》さんから持ってけって言われたのよ。覚えてるよね、黒《くろ》内《うち》武弘さん。今日お座敷に来て渡されたの」

黒内武弘。和食系ファミリーレストランを全国展開している大手外食チェーン〝黒内屋〟の跡取りで専務取締役。剣士たちにとって、因縁の相手だと言っても過言ではない、威圧感に満ちた長身の男――。

個人店のつきみ茶屋を「すぐに潰れる」とバカにしていた武弘は、いつの間にか蝶子が勤務する料亭に通うようになっていた。

「なんだこれ。お江戸屋？」

思わず剣士は目を見張った。

蝶子から手渡された、飲食店のニューオープンが記されたチラシ。そこには、日本家屋風の店の外観や和食の写真と共に、衝撃的な文言がちりばめられていた。

黒内屋チェーン新店舗、堂々誕生！　創作江戸料理を格安で提供

一汁三菜の週替わり江戸御膳は、風味豊かで食べ応え満点
『お江戸屋』神楽坂《かぐらざか》店、近日オープン！

「外堀《そとぼり》通り沿いの立体駐車場の跡に建った店だ。和食系のファミレスができるんだと思ってたけど、創作江戸料理のお江戸屋だと？　しかも一汁三菜の週替わり江戸御膳。これ、うちのパクリだろう！」

翔太が和帽子をかなぐり捨てた。栗色の髪の毛がふわりと目元を覆う。かつて〝抱かれたいバーテンダーNo．1〟と呼ばれたほど色気のある瞳が、怒りや戸惑《とまど》いで激しく揺れている。

「でしょ！　完全にパクリ。だから武弘さん、あたしの店に通うようになったんだと思う。あたしからつきみ茶屋のこと探るために。だって、必ず聞かれてたんだよ。どんな献立を出してるのか、客入りはどうなのか、とかさ。ホラ、ここがオープンしたときだって、『これは本物の江戸料理じゃない！』とかイチャモンつけてたじゃない？　あの人、本心では江戸料理に目をつけてたんだよ。初めからライバル視してたんだ。あーもう、だったら相手になんかしなきゃよかった」

早口でまくし立てた蝶子が、悔しそうに赤い唇を噛《か》む。

「蝶子さんのせいじゃないですよ。それに、どの程度の料理を出すのか実際に確かめてみないと、まだなんとも言えないから」

あえて落ち着いた態度を取ってみた。

本当は激しく動揺していたのだが、翔太と蝶子が憤っているので、自分だけでも冷静にならないと大ごとになりそうだったからだ。

「やだ剣士くん、めっちゃ大人！　すっかり店主らしくなったのねぇ」

「店を始めてからずいぶん経ったからな。オレより剣士のほうがよっぽど肝が据《す》わってるよ」

「ねえ、刃物恐怖症も克服できたの？　今も練習続けてるんでしょ？」

「いや、まだまだですね。刃物っぽくない黒いセラミック包丁なら使えるようになったけど、ステンレス包丁はうまく扱えないんです。いつかは魚くらい捌《さば》けるようになりたいんですけどね」

幼い頃にステンレス包丁をいたずら心で持ち、左手に縫《ぬ》うほどの重症を負って以来、刃物恐怖症になってしまった剣士。だが、つきみ茶屋を継ぐと決めてから一念発起。真っ黒なセラミック包丁から練習を始めた結果、今ではステンレス包丁を見ても平常心でいられるようになっていた。

「でも大したもんだよ。剣士が下ごしらえを手伝ってくれるから、オレもかなり助かってる。そうだよな、お江戸屋の実態がわからないのに、チラシだけで騒いでもしょうがないよな」

「明後日オープンだって。いち早く偵察に行かないと。ねえ剣士くん？」

翔太と蝶子の視線を曖昧《あいまい》な笑みで受け流し、再びチラシに目をやる。

創作江戸料理を格安で提供する『お江戸屋』神楽坂店、か。全国に数百件のファミレスチェーンを展開する黒内屋の資本力があれば、こんなことすぐにできちゃうんだな。僕と翔太がやっと作り上げた創作江戸料理の店を、いとも簡単に模倣《もほう》することも……。

小さく息を漏《も》らし、店内に取り込んだ紺の暖簾《のれん》に視線を移す。

つきみ茶屋の店名を白抜きした暖簾が、細い竹の竿からぶら下がっている。蝶子が座ったコの字形カウンターの左手に小上がりの座敷席があり、食器を載せる昔ながらの箱膳や座布団が隅っこに積んである。この骨董品の箱膳で一汁三菜の週替わり江戸料理を出すのが、完全予約制の『つきみ茶屋』の特色だった。神楽坂のメイン通りから石の階段が続く横丁に入った先にある、風情《ふぜい》豊かな割烹《かっぽう》だ。

「いきなり仕込み中にお邪魔して、こんな嫌なチラシ見せてごめんね」

「いや、わざわざ来てくれてありがたいよ。なあ剣士？」

「ホント、いつも助かります」

「ところで、すっごくいい香りがするね。春の匂いっていうか……」

話題を変えてくれた蝶子が厨房《ちゅうぼう》を窺《うかが》う。

「お、さすがグルメな蝶子。桜を使った献立の試作中だったんだ。来週から出す予定の〝桜の花見膳〟。ちょっと味見していくか？」

翔太の提案に、蝶子が口元をほころばせる。

「うれしい！　来週の献立をひと足先にいただけるなんて光栄だわ」

「じゃあ、運ぶからちょっと待ってて」

厨房に翔太が引っ込むと同時に、格子戸がガラリと音を立てた。

「ただいまー。買ってきましたよ、切れちゃった柚子《ゆず》」

「お帰り、静香《しずか》ちゃん。残業させちゃって悪いね」

「いえいえ、剣士さんたちの頼みならよろこんで。あれ、蝶子さんだ。いらっしゃいませ、じゃなくてお疲れさまです」

にこやかに挨拶《あいさつ》をしたのは、アルバイトで雇っている橘《たちばな》静香。ここら一帯の大地主、橘桂子《かつらこ》の孫娘である女子大生だ。肩まで切りそろえた艶《つや》やかな黒髪、まだあどけなさが残る可憐《かれん》な容姿。薄紅色のニットに紺色のフレアスカートが良く似合う静香は、今やつきみ茶屋の看板娘になりつつあった。

「お疲れー。静香ちゃんもすっかりお店の顔になっちゃったわねえ。『ここでバイトさせてくれ、三国志《さんごくし》の諸葛孔明《しょかつこうめい》みたいな軍師になりたい』って言い続けて、ちゃっかり潜《もぐ》り込んでさ。天晴《あっぱれ》よ」

「やだなあ潜り込むだなんて。でもわたし、つきみ茶屋はこの界隈《かいわい》の飲食店業界で天下が取れるって、本気で思ってますから」

誇らしげに静香が胸を張る。

いろいろと多忙を極めた新装オープンから約半年。店はなんとか軌道に乗り、バイトの志願をしてくれた静香を、週に四日ほど雇えるくらいにはなっていた。

「静香、ナイスタイミングだ。蝶子と一緒に試食してくれよ。来週の一汁三菜、〝桜の花見膳〟」

厨房から翔太が料理を載せた盆を持ってきた。

「わー、キレイですねえ」

「春の食材がそそるわー」

カウンターに座った静香と蝶子が目を輝かせる。

「今回は、江戸時代の花見で重箱に詰めていた料理をイメージしたんだ。一品目は、アワビの腸と身を白身魚のすり身に練り込んだ〝わた蒲鉾《かまぼこ》〟。桜エビ入りの〝出汁《だし》巻き卵〟。それから、裏ごししたユリ根を蒸した〝春がすみ〟。挽《ひ》き茶で真ん中に緑色を入れた春らしい江戸料理だ」

淡く茶色がかったわた蒲鉾。桜色の小エビがちりばめられた出汁巻き卵。クリーム色の中央に緑の挽き茶が挟まった、羊羹《ようかん》形の春がすみ。

ほぼ同じ大きさに切り取られた三品は、重箱に並べたらさぞかし見栄えがしそうだった。

「二皿目は〝サヨリの刺身とウドの酢味噌和《すみそあ》え〟。三皿目は〝若筍《わかたけ》と雉《きじ》つみれ団子の含め煮〟。で、締めは桜の花と葉の塩漬けを混ぜた〝桜の土鍋おこわ〟と、〝ハマグリの吸い物〟。甘味《かんみ》は手製の〝苺《いちご》大福〟にしてみた」

立ち上る湯気と共に出汁や桜の香りが押し寄せ、調理を手伝った剣士の鼻孔《びこう》をも刺激する。

「もー、いつもながらめっちゃ美味《おい》しそう。いただきます」

「じゃあ、わたしも。味見させてもらいますね」

箸《はし》を取ったふたりが、料理を小皿に取り分けて味わい始めた。

「あたし、わた蒲鉾なんて初めてよ。味が濃くて美味しい。アワビを贅沢《ぜいたく》に使ってるのね。春がすみ、なんてお料理も初めて。お茶の味がいいアクセントになってて、日本酒が飲みたくなるわー」

「おこわも最高です！　オコゲ交じりのもち米に混ぜ込んだ、桜の花と葉の塩漬け。香りのパワーがホントにすごい。まるでお花見の場で春の風を感じてるみたい」

うっとりとする女性陣を微笑《ほほえ》ましく眺《なが》めつつ、剣士はこれまでの波乱の日々を思い返していた。


石畳の街、東京・神楽坂の路地裏にある古民家の一階。江戸時代から続く老舗《しにせ》割烹・つきみ茶屋は、両親の突然の事故死によって、ひとり息子の剣士に遺された店だ。だが、幼少時から刃物恐怖症になっていた剣士は、自分が跡目を継ぐ気など微塵《みじん》もなかった。

幼馴染《おさななじみ》の翔太も、隣町にある老舗料亭『紫陽花亭《あじさいてい》』の長男なのに、両親との折り合いが悪く跡継ぎを断固拒否。大学の経営学部に通いながらフレンチ店で料理を学んだあと、剣士と同じバーでアルバイトをしていた。

初めはそんな翔太と共に、ここの店名や内装を変えてワインバーにするつもりだったのだが、徐々に代々の暖簾を継ぐ方向に変化していった。

半ば強引に動かしたのは、翔太に憑依《ひょうい》している江戸時代の料理人・玄《げん》だ。つきみ茶屋に代々伝わっていた、陶器の上に純金をコーティングした盃。「絶対に使ってはいけない」と言われていたその盃には、江戸末期に〝武士の毒見〟で亡くなったという、玄の魂が封じられていた。

そして、ひょんなことから金の盃を使ってしまった翔太に、玄は取りついてしまった。血族にしか憑依できないという玄の魂。その血族こそ翔太だったのだ。翔太の実家である紫陽花亭は、玄が兄と一緒に立ち上げた料理屋が元祖だったのである。

以来、寝るたびにお互いが入れ替わってしまう翔太と玄。奇怪すぎるその現象をどうにかしたいと、何度か玄を封印しようとしたこともあった。

しかし、玄の素《す》っ頓狂《とんきょう》だが豪快で頼れる性格と、次々に作り出す江戸料理は、剣士たちを心底魅了してしまった。今では翔太と共存する玄も、この店に欠かせない大事な仲間となっている。

「今日の翔太さんは、江戸っ子モードじゃないんですね。オーラが違います」

味見をしながら静香が微笑んだ。

「ああ、いつもハイテンションじゃ疲れるからさ。明日あたりは変わるかもな。てやんでぃ、食ってみやがれ！　みたいな感じに」

さり気なく返す翔太。彼が玄と一日おきに入れ替わっていることは、翔太の姉・風間水穂《みずほ》以外には内緒にしてある。そんなオカルティックな話、他人に信じてもらえるわけがない。静香も蝶子も、玄に成り代わったべらんめえ口調の翔太を、「江戸っ子モードになった」と思っているはずだ。

「ねえねえ、この〝桜の花見膳〟、季節感があってすごくいいと思う。今月は春尽くしの献立でいくの？」

蝶子が翔太に問いかける。

「そうしたいと思ってる。〝桜の花見膳〟の次は〝春の初物膳〟。初鰹《はつがつお》や山菜をふんだんに使う予定だ」

「あたし、鰹って大好きなの。楽しみだわー」

「わたしも。初物膳も早く食べたいです」

「その前に、〝桜の花見膳〟を食べちゃってくれよ」

「はーい」

ふたり揃《そろ》って翔太に返事をする蝶子と静香。初めは翔太を挟んでバチバチしがちだった彼女たちだが、いつの間にかすっかり打ち解け合っていた。

「剣士、ちょっといいか」

翔太に手招きされて厨房に入った途端、彼は椅子《いす》に座り込み、布製の黒いヘアバンドで前髪を隠した。

「いきなり睡魔が来た。玄が出てくる。悪いけどあとを頼みたい」

「わかった。任せといて」

初めは驚異でしかなかった翔太と玄の入れ替わり現象だったが、さすがに半年以上が経ったので慣れっこになっている。

目を閉じた翔太の前髪の一部が、あっという間に白髪になっていく。

これが玄の特徴だ。だから、いつでも前髪を隠せるように、翔太はヘアバンドを用意してあるのだ。

「……おお、剣士。すまん、また急に出てきちまった。信じがたい夢を見ちまったんだよ」

すぐに起き上がった玄が瞳を爛々《らんらん》とさせると同時に、カウンターから静香の大声がした。

「なんですかこれっ？　一汁三菜のお江戸屋って、つきみ茶屋の真似じゃないですか！　しかも、ここのすぐ近くに出店？　信じられない！」

おそらく、静香もチラシを見たのだろう。

「やっぱり夢じゃなかったんだな。俺も見たぜ、お江戸屋とやらの瓦版《かわらばん》。蝶子の話も聞いたよ。それ、黒内屋の倅《せがれ》の仕業《しわざ》なんだろ？」

剣士をしかと見ながら、玄が口元を歪《ゆが》めた。

「あの野郎、やっぱり仕掛けてきやがったな。ただじゃあおかねぇぞ！」

しばらく平穏だったつきみ茶屋に、またしても波乱が起きようとしていた。

第1章「盗まれた献立〝桜の花見膳〟」

「俺が思ってた通りだぜ。黒内武弘は武士野郎の子孫だったんだよ！　三つの盃には血族を呼びよせる力があるんだ。奴は白金を奪って使ったに違いねぇ。武弘には武士野郎の魂が取りついてるんだよ！」

静かになった店内に、チラシを手にした玄の怒声が響き渡る。

チラシに憤慨していた静香と試食を終えた蝶子には、すでに「お江戸屋がオープンしたら偵察に行こう」と約束をして帰ってもらっていた。

玄が熱弁したがっていた三つの盃の話を、第三者に聞かせるわけにはいかなかったからだ。

月見家に伝わる禁断の〝金の盃〟から現れた玄。当初は、そんな不気味な盃など、この世にひとつだけだと思っていた。

ところが、つきみ茶屋が創作江戸料理の店として新装開店した直後に、とんでもない事実が判明した。

なんと、禁断の盃は金だけではなかったのだ。

金のほかに〝青銅の盃〟と〝白金の盃〟があり、三つの盃を収める桐箱《きりばこ》まで存在していたのである。


青銅の盃には、つきみ茶屋の二代目女将《おかみ》・お雪《ゆき》の魂が封じられていた。剣士の祖先に当たるお雪は、元売れっ子女芸者。待合《まちあい》（お茶屋）の『つきみ』として創業したここの座敷に呼ばれていた頃、つきみに仕出し料理を届けていた玄と知り合い、お互いを想い合うようになった。

だが、お雪を贔屓《ひいき》にしていた客の武士が玄に嫉妬《しっと》し、金の盃に毒を仕込んで飲ませたのだ。あくまでも「毒見だ」と偽って。

玄の死を目撃してしまったお雪は、武士への復讐《ふくしゅう》を胸に誓った。二代目店主の月見源太郎《げんたろう》に身請《みう》けされて女将となったあとも、その復讐心が揺らぐことはなかった。

そして半年ほど前、お雪は青銅の盃を使ってしまった剣士の従姉《いとこ》・月見桃代《ももよ》に憑依。翔太に取りついた玄と約百七十年ぶりの再会を果たし、玄と想いを伝え合ったのちに、眩《まばゆ》い光と化して成仏した。

その際に彼女は、衝撃的な告白を残していったのだ。

「玄さんがいなくなってから、あたしは不治の病を患った。それで、青銅の盃で毒を飲んで、あなたのあとを追うと決めました。そんなとき、あのお武家様がつきみに来たのです。こんな機会、もう訪れないかもしれない。そう思ったあたしは、最後の力を振り絞って、あの男の盃に毒入りの酒を注いで……道連れにしてやったのです」

俺のためにすまねぇ、と涙ぐむ玄に、彼女はさらなる告白をした。

「万が一、男の血族が盃を使ってしまったら……そう考えると怖気《おぞけ》が走ります。だから、子孫たちに伝えたかったのです。あの男が使った白金の盃が残っていたら、誰にも使わせないでほしいと」

白金の盃には、玄を毒殺した武士が封じられている。

身もすくむような事実は、それだけではなかった。そのおぞましい白金の盃を、剣士の元から盗んだと思われる人物がいるのだ。

それが、黒内屋の若き専務・黒内武弘だった。

「――確かに武弘は怪しいです。武士の子孫で白金の盃を盗んだ可能性が高いし、すでに憑依されてるかもしれない。つきみ茶屋に初めて来たとき、武弘は僕らを異常なくらい目の敵《かたき》にしましたよね。それがなぜなのか不思議だったんだけど、あの頃から武士に操られてたのかもしれません」

「あの武士野郎は、自分に毒を盛ったお雪さんを恨んでるはずなんだ。あいつはつきみの座敷で毒死した。きっとこの店はあいつにとって、憎悪の的になってやがるんだよ。だから白金を子孫の武弘に盗ませて取りついた。武弘は黒内屋のお偉いさんだ。その立場を利用して、この店を潰そうとしてるんじゃねぇのか？」

あくまでも推測の域を出ない玄の言葉が、剣士の不安をかき立てる。

「だけど、武弘に盃を盗まれた証拠がないんです。前に玄さんにも説明しましたよね？　僕らにはどうしようもないんですよ」

「そんな弱気なこと言ってる場合かよ！　お江戸屋って猿真似の店を出そうとしてるんだろ。嫌がらせに決まってるわ。あの野郎、俺が正体を暴いてやる！」

「どうやって暴くんですか？」

「俺が武弘に会えばわかる。お雪さんが出てきたときだって、気配ですぐわかったたんだ。武士野郎のことも見抜けるはずなんだよ。逆もしかりだ。野郎が武弘に取りついてるなら、俺が翔太についてることもわかるはずだぜ」

「もしそうなら……」

剣士の胸に、不穏なさざ波が大きく立ち始めた。

「その武士はますます逆上するかもしれないですよ。何人もの命を毒で奪った鬼畜のような男なんだって、お雪さんが言ってましたよね。そんな身勝手なヤツなら、玄さんのせいで自分は復讐されたんだって、逆恨みしそうじゃないですか。本当は自業自得なのに」

「だからなんだってんだい！　このままほっとけねぇだろうが！」

殺気立つ玄。その気持ちは痛いほど理解できる。

百七十年ほど前に自分を騙《だま》して毒殺した男。

愛しいお雪に復讐心を抱かせてしまった張本人。

その宿敵が黒内屋の専務に取りつき、類似店のオープンという形でつきみ茶屋を陥れようとしているのだとしたら、平常心でいられるわけがない。

「玄さん、とりあえずお江戸屋に行ってから考えましょう。相手はファミレス。家族連れ向けの安い大衆店ですよ。きっと出来合いの料理を温めて出すだけだから、うちとは比較にならない気がするんです。それに、まずは敵の陣地を調べないと、打つ手も浮かばないでしょ？」

「……まあ、そうだわな。だけどよ、その店に行くときが翔太だったとしても、俺は翔太を眠らせて様子を見るぜ。武弘の正体がわかるのは俺だけだ。いいよな？」

なんと答えればいいのか、迷ってしまった。

玄は翔太に睡魔を送れる。剣士はこれまで何度も、翔太が急に眠ってしまう場面に遭遇していた。それと同様に、翔太も必要があったら玄を眠らせることができる。彼らは、夢という形で互いの情況を把握している場合があるのだ。特に危機的状況が起きると、はっきり夢を見るらしい。そんなときに、相手を眠らせて自分が目覚めることがあった。

憑依から半年が経つあいだに彼らは進化し、互いをある程度コントロールできるようになっていたのだ。

「なあ剣士、いいだろ？　お江戸屋の様子、俺にも見させておくれよ」

再度玄から頼まれ、「わかりました」と言っておいた。剣士自身も武弘に武士が憑依しているのか確かめたい。しかし……。

翔太と玄さんがお江戸屋で入れ替わるなら、静香ちゃんや蝶子さんとは同席できないな。この店の外で人格が変化したら、どうなるのか予想もつかないし、わざわざ危ない橋は渡りたくない。

剣士は明後日のお江戸屋オープン日に、翔太とふたりで行く決意をした。

よし、静香ちゃんと蝶子さんにはこう言おう。

自分たちはオープン当日の午前中に行く。ふたりは別々の時間帯に行ってみてほしい。できれば日時を変えて入念にリサーチをしたいと。

「だけど玄さん、お江戸屋で暴れたりしないでくださいよ。まずは穏便に偵察しましょう。ね？」

「わかったよ。でも、何があっても俺はこの店を守るぞ。そうじゃなきゃ、先に逝《い》っちまったお雪さんに顔が立たねぇもんな」

どこか遠くに視線を向けて、玄が力強く言い切った。

◆

「いつの間にかこんな店ができてたんだなあ。こっちにはあんまり来てなかったから、全然知らなかったよ」

問題の『お江戸屋』を見上げながら、剣士はしみじみとつぶやいた。

神楽坂下の交差点を市ヶ谷《いちがや》方面に向かった外堀通り沿いに、その店はあった。白壁に瓦屋根の二階建て。下は駐車場になっている、ファミレスでよくあるスタイルの大型店舗だ。〝創作江戸料理・お江戸屋〟と記されたのぼり旗が、いたるところではためいている。

「オープンで行列でもできてるかと思ったけど、すんなり入れそうだな」

ジーンズの長い足で、翔太が出入り口へと続く階段を上っていく。剣士もはやる鼓動を意識しながら、そのあとに続く。

自動ドアが開くと、和風の広い店内には琴の音のBGMが流れていた。内装はいわゆる和風ファミレスと相違がない。テーブル席は八割ほど埋まっている。

「いらっしゃいませ。おふたり様ですか？」

はい、と頷《うなず》いた剣士たちを、割烹着のような制服を着た女性店員が、窓辺の席へと案内する。

「お決まりになりましたら、そちらのタブレットからご注文ください。オススメは週替わりの江戸御膳となっております」

店員がお茶を置いて立ち去ったあと、翔太と顔を見合わせた。

「タッチパネル注文か。いかにも今どきの店だな。サービスもファミレスの域を出ていないようだし、本当に相手にならないかもしれないぞ」

「だね。季節の花を活けて畳に箱膳を置いて、季節行事にちなんだ献立を解説つきで一品ずつ出す。そんなつきみ茶屋とは大違いだ」

安堵《あんど》しながらタブレットのメニューを見る。

途端に心臓が飛び跳ねた。

「翔太、この週替わり江戸御膳って……」

「……ああ。偶然とは思えないな」

翔太の顔も青ざめている。

なんと、一汁三菜の中身は、メニューの写真と説明文を見る限り、つきみ茶屋が来週から出す〝桜の花見膳〟と著《いちじる》しく似ていた。

しかも、料金はつきみ茶屋の半額くらいなのだ。

そんな江戸御膳のほか、蕎麦《そば》やうどん、寿司、天ぷらなど、江戸時代からある和食や甘味も低価格で提供されている。

剣士たちは、当然のごとく江戸御膳をオーダーした。

ほどなく女性店員に届けられた大きな四角い盆からは、桜の香りが漂っていた。

「こちらは、江戸時代の花見弁当をモチーフにしたお料理です。詳しい内容はお品書きに書いてあります。ごゆっくりどうぞ」

説明もそこそこに店員が去っていく。

ふたりは目の前で湯気をたてる料理を凝視した。

茶色がかった〝わた蒲鉾〟、海老《えび》の量が少なめの〝桜エビ入り出汁巻き卵〟、挽き茶入りの〝ユリ根の春がすみ〟がひと皿に並ぶ。

さらに、〝サヨリの刺身とウドの酢味噌和え〟。〝若筍と雉つみれ団子の含め煮〟。〝桜のおこわ〟と〝ハマグリの吸い物〟。甘味は〝苺大福〟……。

「……食材も構成もまんまだ。うちの献立を先取りされた」

悔しそうに翔太が眉をしかめる。

「とりあえず食べてみよう。うちと違って一度に全部出してあるから、すぐに冷めちゃいそうだ」

剣士は割り箸で料理をつついてみた。

――つきみ茶屋では絶対に使用しない、化学調味料の入った味。出汁は断然自分たちが勝っているし、それぞれが作り置きを温め直した料理だとすぐにわかる。わた蒲鉾は一切れがペラペラでアワビの香りもほとんどしない。他の料理もコクや深みが感じられない。桜のおこわはパサつき、苺大福は表面が乾燥している。

あえてたとえるのなら、飛び切り美味《うま》くはないけど、そこまで不味《まず》いわけでもない、旅館で出される宴会料理のようだった。

「話にならないよ。細かいレシピが違うし、食材も冷凍ものばっか。翔太と玄さんの料理とはレベルが違う」

「だから余計に腹が立つんだよ。うちのコンセプトをパクっておきながら、味はファミレスレベル。まるで辱《はずかし》められたようなもんじゃないか。それに、週替わりの献立が同じで半額だ。こっちで十分だと思う客も多いだろう。……やられたよ。うちは来週から同じような膳を出すから、こっちが真似したと思われてしまう」

「翔太、今さら献立を変えるのは無理だよね？」

「ああ、すでに食材を仕入れてあるからな」

肩を落とした翔太が、しきりに首を傾げている。

「うちの献立が事前に漏れたとしか思えない。なぜだ？　どうしてこんなことが……？」

「まさか、うちに盗聴器が仕かけてある、とか？」

「……いや、オレと剣士は二階の居間で献立の相談をすることが多い。一階の店内なら客の振りでもして仕かけられるだろうけど、さすがに二階は無理な気がする。それより、疑わしいのは献立ノートだ」

献立はいつも、玄のアイデアを元に翔太がアレンジする。二週先まで考えて試作をし、そのレシピを翔太がノートに書き込んでいく。パソコンが操作できない玄もすぐ見られるように、アナログだがノートを採用しているのだ。

「じゃあ、黒内屋の関係者にノートを覗《のぞ》かれたのかな？」

「あのノートを見られたら一発アウトだ。だけど、誰もが手に取れる場所には置いてない。厨房の棚に入れてあるんだからな」

「泥棒に入られて見られた？　いやでも、そんな形跡はなかったよね。不審者がいたら警報が鳴るはずだし」

店のセキュリティは、以前より強化してある。なにしろ、つきみ茶屋の物置にある簡易金庫には、金と青銅、ふたつの禁断の盃が保管されているのだ。誰かの手に渡ってトラブルが起きないように、防犯カメラや警報装置を厳重に設置してあった。

「ああ。オレは外部より内部の者が怪しいと思う。まずは、献立ノートを覗ける可能性がある人を洗い出すんだ。何人かいるんだよな……」

言葉を濁した翔太に、剣士は告げた。

「バイトの静香ちゃん。厨房まで酒を取りに来る蝶子さん。それから、たまに手伝いに来てくれる水穂さん。その三人なら可能性があるよね」

むしろ、静香には先々の献立を見てもらっている。蝶子だって身内のようなもの。先日のように試食をしてもらうこともあるし、一緒に厨房で酒を飲むことだってある。翔太の姉で『紫陽花亭』の次期女将である水穂は、弟に玄が憑依していることを把握し、つきみ茶屋のオープン時から応援してくれている。むろん、厨房に入ることだって多々あった。

「だけど、この三人から外部に漏れたなんて、あり得ないよね？」

「そうだ、って言いたいところだけどな」

昏《くら》い目をして翔太は言葉を切った。

──まさか、三人の中に黒内屋のスパイがいるとでも言うのか？　絶対の味方だと思っていた三人の誰かが、僕たちを裏切っていると……？

しばらくのあいだ、店の雑音だけが左右の耳を通り抜けていった。

「たとえば、だけど……」

ふいに翔太が口を開いた。

「本人が自覚しないうちに、黒内屋に関係する誰かに話してしまった可能性だってある。蝶子は武弘から探りを入れられていた。静香の交友関係はわからないが、バイト中に店の出入り業者と話したかもしれない」

「出入り業者か……。業者さんなら黒内屋と繫《つな》がってても不思議じゃないね」

剣士は、静香が会話を交わす可能性のある業者たちを思い浮かべた。

週一で生け花を替えに来る花屋。採れたての野菜や米を届けてくれる農家。新鮮なジビエを自ら持ってきてくれる猟師。飲み物を届けてくれる酒屋。それから……。そうだ、豊洲《とよす》市場《しじょう》の人々。いや、市場に行って魚や肉を選ぶのは翔太だけだから、静香が話す機会はないはずだ。

「剣士はどうだ？　出入り業者の誰かに先々の献立を聞かれたことはないか？　〝桜の花見膳〟の次は〝春の初物膳〟にする予定だっただろ？　内容を話した第三者はいないよな？」

「いない。三人以外に話したのは、翔太と玄さんだけだよ」

「オレもだ。玄は業者と会わないルールになっているけど、大丈夫か？」

「うん。玄さんは電話にも出さないし、店に来た業者さんとも話させないようにしてる。そこは僕が見張ってるから大丈夫だと思う。業者さんたちと気さくに話すとしたら、やっぱ静香ちゃんだなあ。疑いたくはないけど……。そうだ、翔太は水穂さんも疑ってるの？　姉弟なのに」

「実は、姉さんから前に聞いたんだけど、黒内武弘は紫陽花亭にも顔を出しているらしい。姉さんいわく、武弘の父親で黒内屋の社長は、紫陽花亭の主人、つまりうちの親父の知り合いみたいなんだ」

「風間さんと黒内屋の社長が？」

「狭い業界だからな。姉さんが親父にうちの献立を話して、それが親父から黒内屋の社長に伝わった、なんてことだってあり得る」

翔太は真剣な表情を崩さずに、何かを考えている。

「……ここで考えててもキリがないよ。まずは本人たちに確認しないと」

「確認することで解決するなら、こんなに悩まないんだけどな」

「ん？　翔太、それってどういう意味？」

悩まし気な眼差《まなざ》しで、彼は言った。

「嘘をつかれる可能性だって考慮しないといけない。何かの事情があって、献立を話さざるを得なかった。そんなケースもないとは言えないだろ？」

剣士はふと、蝶子の顔を思い起こした。彼女が顧客になった武弘に脅されて、献立ノートを覗いてしまった……。

いや、そんなはずはない。あんなに気風《きっぷ》が良くて人情深くて、しかも翔太に夢中な蝶子さんが、僕たちを裏切るわけがない。静香ちゃんだって、きっと翔太が目当てでバイトを申し出てくれたんだろうし、つきみ茶屋を大事にしてくれる気持ちに偽りがあるとは思えない。ましてや、弟想いの水穂さんが嘘をつくなんて、どう考えたってあり得ないよ。

「僕は誰も疑いたくない。だって、蝶子さんも静香ちゃんも水穂さんも、ずっとつきみ茶屋を応援してくれた恩人だよ？」

「もちろんわかってるさ。オレだってみんなを信じたい。だから、あからさまに問いただすのはやめて、ちょっとした罠《わな》を仕かけてみようかと思うんだ」

「罠？　何それ？」

前のめりになった剣士に翔太が話そうとしたとき、思いも寄らぬ人物が剣士たちの席を横切った。

「あれ、保《たもつ》さん？　保さんですよね？」

白い割烹着姿の、人の好《よ》さそうな中年男性。やや猫背の歩き方は昔から変わらない。

「これはこれは。まさか剣士坊ちゃんがいらっしゃるなんて。先代と女将さんの葬儀でご挨拶して以来でしょうか。大変ご無沙汰《ぶさた》しております」

丁寧にお辞儀をしたのは、剣士の両親が健在の頃、つきみ茶屋で修業をしていた料理人・海堂《かいどう》保だった。

「——なるほど。保さん、ここの料理長だったんですね」

「はい。しばらく黒内屋の支店にいたんですけど、この度《たび》、新店舗の調理を任せていただきました。ですけど、同じ神楽坂の飲食店。しかも、剣士坊ちゃんが打ち出された創作江戸料理を見本とする店なので、実は心苦しかったんです。ご挨拶にも伺《うかが》わずに申し訳ございません」

丁寧な物言いに、実直さが滲《にじ》んでいる。

「そんな、気にしないでください。うちもずっとバタバタしてましたし」

保は結婚して子供ができてから、つきみ茶屋を辞めたのだった。大企業の黒内屋に再就職したのは、家族のために安定を求めたからのようだった。

「そうだ、紹介します。彼はうちの料理人の風間翔太です」

初めまして、と保と挨拶を交わした翔太は、早速質問をぶつけ始めた。

「海堂さん。こちらの江戸御膳の献立は、海堂さんが考案されたんですか？」

翔太の盆は、料理がほとんど残ったままだ。

「いえ、私ではありません。すべて、お江戸屋事業の責任者が考えてます。私は命じられた料理を作るだけでして」

「来週の献立も、もう決まっているんですか？」

「私たちにはまだ下りてきてません。週末のミーティングで発表される予定です。来週も春にちなんだものになると思います」

ごく自然に受け答えをする保。自分がつきみ茶屋の献立を先取りしたとは、想像もしていないようだ。

「その献立を考えている責任者さんなんですけど、もしかしたら黒内屋の専務さん、黒内武弘さんではないですか？」

「ああ、専務をご存じでしたか。そうです。黒内専務が献立を考えます。まだお若いのに、江戸料理にお詳しいんですよ」

返事を聞いた剣士は、思わず翔太と顔を見合わせた。

もう間違いない。つきみ茶屋の献立を何らかの方法で盗み、わざわざ模倣したのは武弘だ。

「……あの、剣士坊ちゃん」

「その呼び方だと照れちゃいます。剣士、でいいですよ」

「では剣士さん。そろそろ厨房に戻らないといけないので、ここらで失礼いたします。本日はありがとうございました」

再び丁重に腰を折ってから、保はその場を立ち去った。

「武弘が献立ノートの中身を把握して、わざと同じ献立を出させている。これは大問題だ。この先も同じことをされたら、うちの店が傾くかもしれないぞ。……う、また来た。玄が出てこようとしている。剣士、すまん。……帽子を被せて……くれ……」

カクン、と翔太の首が垂れた。

剣士は急いで翔太のバッグからキャップを取り出し、前髪を隠すように被せた。白くなる前髪を誰かに目撃されたらまずい。

「おぃおぃおぃおい！　こりゃあ思ってた以上にひでぇじゃねぇか！」

おとといの夜に宣言した通り、翔太を眠らせてバチッと目を見開いた玄が、怒り顔で周囲を見回す。

「しー。玄さん、静かにしゃべってくださいよ」

「いや、ぶったまげたぜ。情緒の欠片《かけら》もねぇ店なのに、出してる膳はうちの猿真似だ。夢の中で食ったけどよ、化学調味料とやらで舌が痺《しび》れてきたわ。見た目だけ真似しやがって、中身はお粗末極まりねぇってか。こりゃあ、黙って許すわけにはいかねぇよなぁ」

「もちろんです。まずはうちの献立がどこから漏れたのか、翔太が探るって言ってて……あれ、玄さん？　玄さんっ！」

止める間もなく、玄は小走りで厨房へ向かっていく。

あわてて後を追ったが、暴走する彼を止められなかった。

「ちょいとお前さん、この店のお偉いさんに会わせとくれ。黒内武弘って奴だよ」

厨房の入り口に立ち塞がるメガネの男性店員が、脅《おび》えた目で玄を見ている。

「玄さん、やめてくださいよ」

剣士が摑《つか》んだ腕を振り払い、玄は男性店員に嚙みついた。

「お前さんたち、恥ってもんを知らねぇのかい？　こんな猿真似しやがって。しかも不味いときたもんだ。どうせ真似すんならうめえもん出せってんだ。なにが創作江戸料理だよ。酷《ひど》すぎて笑いが出ちまうわ」

「あの……お客様、私どもが何か失礼をしましたでしょうか？」

メガネに手を添えた男性店員が、か細い声で問いかけてくる。

「失礼に決まってるだろ。だいたいよ、この店自体が失礼なんだよっ！」

「そう言われましても……」

「お前さんじゃ話にならねぇわ。そこをどいとくれ。猿真似の黒内武弘、隠れてねぇで出て来やがれ！」

「おい」と、いきなり後ろから野太い声がした。

「いい加減にしたまえ。迷惑だ」

振り返ると、スーツを着込んだ長身の男が剣士たちを見下ろしていた。

鋭い目つき、鷲鼻《わしばな》の下の大きな口。威圧感に満ちた佇《たたず》まい。

——黒内武弘だ。

「君たちは……そうだ、つきみ茶屋の店主と料理人だな。早々と難癖《なんくせ》つけに来たのか。営業妨害で通報したいところだが、オープン日に揉《も》めたくはない。今回だけは見逃してやるから、さっさと出てってくれ。料金はサービスする。その代わり、二度と顔を見せないでくれたまえ」

「お前……」

武弘を睨《にら》んでいた玄の身体が、小刻みに震え出した。

「その妖気《ようき》と圧迫感。覚えてるぞ。忘れられるわけがねぇ。つきみで俺に毒見をさせた武士野郎の気配だ」

その瞬間、武弘の目がギラリと光った気がした。

なぜか、剣士の身体にも悪寒《おかん》が走る。

「君、何を言ってるんだ？　とても正気とは思えない。早く病院に行くべきだな。おい、このふたりを追い出せ。裏口からだ」

武弘が指示すると、後方から部下らしき黒服の巨漢が現れた。岩のごとく屈強な巨漢は、格闘技でもやっていたのか、左右の腕で剣士と玄を軽々と抱える。剣士たちは大人に捕まった幼子のような状態だ。巨漢はそのまま厨房の中へずいずいと入っていく。

「待て！　お前、武士野郎に取りつかれてるだろ。俺にはわかる。白金の盃を使いやがったな！　だけどそいつは危険すぎる。早く封印しねぇと大変なことになるぞ！」

遠ざかっていく武弘の背に必死で話す玄を、巨漢が片手で絞めつける。

「いてぇな、この野郎、放しやがれ！　まだ話が終わってねぇんだよ！」

そんな声も虚しく、玄と剣士は厨房奥の裏口から外に放り出された。

扉が閉まる前に見えたのは、料理長である保の、驚いたような表情だった。

「――玄さん、穏便に偵察しようって言ったじゃないですか!」

「無理言いなさんなって。あんな胸糞《むなくそ》わりぃ猿真似されたんだぜ? 黙ってられるかってんだ!」

「お陰でもう、あの店には行けなくなっちゃったじゃないですか! もっと探りたいことだってあったのに」

「こちとら客なんだ。堂々と行けばいいさ。先にいちゃもんつけたのはあっちなんだぜ。つきみ茶屋が開店した日にな」

「また翔太がおかしくなったって思われたじゃないですか。あーもう、だから玄さんは……」

「そんなことより剣士、あいつはやべぇぞ」

「え?」

お江戸屋からの帰り道。神楽坂を上りながら玄と言い合いをしていた剣士は、玄の真剣な声音《こわね》にピタリと足を止めた。

「強烈な妖気と悪意を感じた。さっきいたのは武弘自身だろうけど、あいつは武士野郎に取りつかれてやがる。いや、武士じゃなくて怪物だな。たまにいるんだよ、人間らしい感情が抜けちまってる怪物みたいな奴がさ」

「……怪物みたいなヤツ？」

「そうさ、武弘の中には俺を毒殺した怪物野郎がいる。妖力もかなり強そうだったから、武弘はいいように使われてるのかもな。野郎の狙いは、お雪さんが遺したつきみ茶屋への復讐だろう。ほっといたら何をするかわからんぞ。しかも、野郎は俺の存在にも気づきやがった。剣士が言った通り、逆恨みされるかもしれねぇ。どうにかしてまた盃に封印しないと、いつまでも攻撃される可能性がある。それこそ、つきみ茶屋が潰れちまうまでな」

道端に立ち止まったまま、玄が身震いをする。

剣士も事の重大さを認識し、気持ちを引き締めた。

「じゃあ、白金の盃に武士を封じ込められれば、武弘はつきみ茶屋への攻撃をやめるんですかね？」

「そうさなあ。案外、憑《つ》き物《もの》が落ちたようになるかもしれねぇな。そばにいるだけで震えたくらい、武弘は禍々《まがまが》しい妖気をまとってやがった。取りついた怪物野郎のせいだ。早く追い出さねぇと、武弘は完全に身体を乗っ取られちまう。そんな気がしたんだよ」

「マジで……？」

「まじだ。魂の存在の俺が本気で感じたんだ。このままだと危険だぜって、武弘にちゃんと知らせたいんだけどな。あの調子だと聞く耳持たねぇよなあ」

腕を組んだまま、玄が歩き出した。

「でもな、剣士。今は江戸とは違う。刀も毒も簡単には手にはいらねぇ。あの怪物野郎だって、それなりにわきまえた行動を取るはずだ。対処方法はあると思うぜ」

「どうやって対処すりゃいいのか、全然わからない……」

額に手をやった剣士の肩を、玄がポンと叩《たた》く。

「なんとかなるさ。俺ももっと考えるよ。とりあえず、武弘が取りつかれてること、翔太にも報告しといておくれ。俺はちくっと横になっから。……お、毘沙門《びしゃもん》さんだ。無事を祈って拝んどくか」

江戸時代から「神楽坂の毘沙門さま」と崇められた、毘沙門天が本尊の〝善國《ぜんこく》寺《じ》〟。その朱色の鳥居へと玄が直進する。剣士は後ろを追いながら、武弘に奪われたであろう、白金の盃に思いを馳《は》せた。

どうにかあの盃に、武士を封じる簡単な方法はないのだろうか？

子孫に憑依した魂が、再び盃を使うと封印されるのはわかっている。たとえば玄の場合、翔太の血が混ざった液体を玄自身が金の盃で飲めば、盃に封じられるのだ。だけど、武弘に取りついた武士に白金の盃を使わせるのは至難《しなん》の業《わざ》だ。なにしろ、その盃が今どこにあるのか皆目《かいもく》見当もつかない。たとえ当たりがついたとしても、取り戻すためには相当な労力がかかるだろう。

あの白金と青銅、金の三つの盃は、元々は桐箱に収納されており、箱の底には縦読みのくずし字が薄《う》っすらと刻まれていた。

〝三〟〝盃〟〝霊〟〝封印〟〝呪術〟。それから、陰陽師《おんみようじ》の一族〝土御門《つちみかど》〟の漢字だけ読み取れたため、剣士たちは『三つの盃は霊の封印の呪術を陰陽師がかけたもの』と解釈したのだが……。

――そうだ。他のかすれてる文字も詳細に解読できたら、もっと盃に関する情報が手に入るかもしれない。くずし字の専門家を探して、あの箱を預けてみたらどうだろう？

それは、今すぐにでもできそうな妙案の気がした。

いや、その前に、うちの献立が盗まれないような策を練《ね》らないとな。ああ、これまでで一番やっかいな問題が起きてしまった。どうしたらいいのか、翔太とも相談しないと。

剣士も玄と共に善國寺の鳥居をくぐり、本堂で家内安全を願ったのだった。

つきみ茶屋に帰ると、玄はすぐに座敷席でうたた寝を始め、翔太にチェンジしてくれた。剣士はお江戸屋での玄の言動を、すべて翔太に報告した。

「やっぱり、黒内武弘には武士が憑依していたのか……」

厨房で夜の仕込みをしながら、翔太がため息を吐く。

「僕も異様な気配は感じたんだよ。玄さんも震えてた。かなりの強敵な気がする。それで、三つの盃についてもっと調べてみようかと思ったんだ。まずは桐箱のくずし字を専門家に解読してもらおうかなって。もしかしたら、武士のような悪霊を盃に封印するヒントが得られるかもしれない。僕たちはスマホの解読アプリで調べただけだからさ」

「それなら、神田《かんだ》にくずし字の解読をやってくれる古文書の研究所がある。解読にはひと月以上はかかるみたいだけど」

「……翔太、何気に詳しいな」

「オレもいつか調べたくなる日が来るかもしれないから、専門家のリサーチだけはしてあったんだ。店が忙しくなってそのままになってたんだけどな。でも、もう悠長《ゆうちょう》なことなんて言ってられない。明日にでもあの箱を持っていこうか。ダメもとでも、何もしないよりマシだから」

さすがだな、と剣士は感じ入った。

いつも先回りして物事を考えて、冷静に的確に対処できるのが翔太なのだ。何も考えずに猪突猛進《ちょとつもうしん》するけど、その行動力と天然思考で、意図せず問題を解決する玄さんとは大違い。だけど、正反対の才覚を持つふたりがいてくれるなら、きっとどんな困難でも乗り越えられるはずだ。

「その研究所には僕が行ってくるよ。翔太は献立ノートの件で手立てを考えたんだろ？　罠を仕かけるって言ってたけど……」

「そうだった。早く仕込まないと。剣士も協力してくれよ」

「もちろん。何をすればいい？」

するとと翔太は小さく笑みを浮かべて、右指を三本突き立てた。

「ダミーの献立を考える。とりあえず三パターンだ」

◆

その日の夕方、バイトの静香が憤慨しながらやって来た。

「さっき行ってきましたよ、お江戸屋。メニュー見てびっくりです。あの江戸御膳、うちが来週から出す〝桜の花見膳〟の丸パクリじゃないですか！　しかも全然美味しくないし、最悪ですね。献立に著作権があるなら訴えたいですよ！　だけど、なんで内容が漏れたんだろう？　わたしは誰にも話してないんですけど……」

ごく自然に話す様子からして、やはり静香がスパイだとは到底思えない。

「僕たちも驚いたよ。残念ながらレシピ類に著作権はないから、何もできないんだけどさ。客入りはどうだった？」

剣士の質問に、彼女はテキパキと答え始めた。

「人は七割くらい入ってました。皆さん、それなりに満足してる感じでしたけど、大半が学生か車で来た家族連れでしたね。客層からして和風ファミレス。味よりも安くて使いやすい店を求める人向けです。タッチパネル注文だから店員のサービスも大雑《おおざっ》把《ぱ》だし、ライバル視するほどでもないかなって思いました。ただ、桜の花見膳をうちの半額で出してるのは気になります。味より安さを求める人もいるでしょうから。

……翔太さん、来週の献立は変えないつもりなんですか？」

「来週はな。もう仕込んでるし、あっちが真似したのにうちが献立を変えるなんて納得できないから。堂々と同じものを出して、レベルの差を知らしめてやるよ」

きっぱりと断言した翔太に、静香は目を潤《うる》ませた。

「さすが翔太さんです！　だったら、わたしも精一杯お手伝いします！」

両手を胸の辺りで組み、しきりに瞬《まばた》きをする。それは剣士から見ると、恋する乙女のポーズそのものである。

静香ちゃん、やっぱり翔太が好きなんだろうな……。

少し残念な気もするけど、翔太の魅力は自分が一番よくわかっている。男だって惚《ほ》れ惚《ぼ》れするほど、翔太は心身共に男前だ。スマートで気配り上手で、頭の回転もすこぶる速い。だからこそ、ガサツな玄にチェンジしたときのフォローは、剣士がしっかりやるつもりでいた。残念なことに、やりきれないときも多いのだが。

「だけど、再来週の献立は変更するつもりなんだ」

翔太が静香に向かって、意味深に微笑んだ。

「再来週、ですか？」

「そう。〝春の初物膳〟として、初鰹を刺身とタタキで出す予定だっただろ？　辛子《からし》醤油《じょうゆ》を添えて。だけど、いい魚が入りそうにないから、趣向を変えて〝春のおかず番付膳〟にしようかと思って」

「なるほどー。おかず番付って、江戸時代の料理ランキングですよね。東西や四季ごとに分けて、相撲のように大関とか関脇《せきわけ》とかでおかずを格付けしたもの。わたし、ここがオープンする前に、番付に載ったおかずをいただいたことがありましたよね。うちの家族と一緒に。素朴だけど味わい深いお料理ばかりで、美味しかったなあ。うん、お客様もよろこぶと思います。剣士さんの解説も楽しみだし」

「静香にそう言ってもらえると心強いよ。献立はこんな感じなんだけどさ、見てもらえるかな。江戸のおかず番付からヒントをもらった一汁三菜だ」

翔太が作務衣の懐《ふところ》から和紙を取り出した。筆文字で献立が書かれている。翔太に頼まれて、剣士がしたためた献立表だ。

「えーっと、〝鰯《いわし》と菜の花のぬた和え〟〝塩づけ本鮪《ほんまぐろ》トロの干し物〟〝軍鶏《しゃも》と自家製油揚げのつけ焼き〟。それから、〝枝豆の土鍋炊き込みご飯〟と〝ホタテしんじょと三つ葉の澄まし汁〟。……うわー、読み上げてるだけでお腹が空いてきちゃいます。試食が楽しみすぎる！　すっごくいいと思います」

「そっか。じゃあ、再来週はそれで決まりだな」

白い歯を覗かせてから、翔太は厨房へ入っていった。

静香は和紙を丁寧に畳んで、作務衣のポケットに仕舞《しま》った。

とても大事そうに。

「剣士さん、わたし、ここで賄《まかな》いを食べるようになってから、かなり体重が増えちゃったんです。翔太さんのお料理が美味しすぎて。剣士さんと給仕のお仕事するのも楽しいし、幸せ太りですね、きっと」

愛らしく微笑む静香に、なんと返すべきか逡巡《しゅんじゅん》してしまった。

『いや、全然増えたようには見えないよ。前と変わらない』

――いつも身体をチェックしてるようで気持ち悪いよな。

『確かに少し太ったよね。でも、そのくらいのほうが可愛いよ』

――セクハラ発言だろ、それだと。

『たくさん食べる女の子って、好きなんだよね』

――いやいや、告白を匂わせてるみたいでダメだろう。じゃあ……。

「あ、お座敷のセットしなきゃ。今夜も頑張りましょうね」

可憐な花のような笑顔を残して、静香は座敷席に向かった。

うう、結局、笑み以外に何も返せなかった……。

静香との会話は、なぜか必要以上に気を遣ってしまう。

……もしかして、意識しちゃってるのか？　彼女は翔太がお目当てなのに。いやいや、店主がアルバイトの女の子を意識するなんてアウトだろ！

激しく自分ツッコミをしてから、剣士も開店準備に集中した。

◆

閉店後。静香が帰ったあと、翔太は二階の居間で姉の水穂に電話をかけた。スマートフォンはスピーカーにし、剣士にも聞こえるようにしてある。

「もしもし姉さん？」

『はいはーい。珍しいね、翔太が電話してくるなんて。お店は順調なの？　玄さんとはうまくやってる？』

明るく受ける水穂。この春小学三年生になる息子がいるとは思えないほど若々しい見た目と同様に、声にも張りがある。

「うん、こっちは変わりない。いや、あった。うちの近所に黒内屋が新店舗を出したんだよ。お江戸屋っていう創作江戸料理の店」

『知ってる。このあいだうちに専務さんが来たから』

「えっ？　専務って、あの黒内武弘？」

翔太が鋭い視線を向けてくる。剣士の心臓も高鳴ってきた。

『そう。ひとりで食事に来てくれたの。前につきみ茶屋で見たときは感じ悪いわーって思ったけど、すごく丁重で感じが良くなった。お父さんの社長さんも穏やかで話しやすいし、根は親に似てるのかもね』

人によって態度を変える。最低なヤツの特徴だ。

『――でも、コンセプトがつきみ茶屋に似てるから、ちょっと心配してたんだ。どんな店なんだろうね、お江戸屋って』

「オレと剣士は今日行ってみたんだけど、客層もシステムもファミレスだから、そんなに気にしなくていいかなと思ってる。ところでさ、ちょっと相談に乗ってほしいんだ」

『相談？』

「うん。再来週の献立なんだけど、〝春の初物膳〟にするって前に言っただろ？　でも、いい鰹が入りそうにないからさ、〝春のおかず番付膳〟に変えようと思うんだ。今から内容を言うから、それで良さげか正直な感想をもらえるかな？　料亭の次期女将として客観的に」

『そんな相談か。もっと深刻なことかと思っちゃった。わかった、いいよ』

「じゃあ、読み上げるよ」

剣士はすかさず、献立の書かれた紙を翔太の前に差し出した。

「〝小鯵《こあじ》と生ワカメのぬた和え〟〝一夜干しスルメイカの醤油焼き柚子風味〟〝鴨《かも》団子と自家製豆腐の木の芽田楽《でんがく》〟〝蕾菜《つぼみな》とアサリの土鍋炊き込みご飯〟〝春野菜ののっぺい汁〟。どうかな?」

『そのおかずって、江戸時代のおかず番付に載った料理なの?』

「アレンジはしてあるけど、基本はそう。この一汁三菜を、剣士が江戸のおかず番付について説明しながら出そうかと思って」

『悪くないよ。美味しそうだし栄養バランスも良さそう』

「そっか、ありがとう。再来週はこの献立でいくよ」

『そんなあっさり決めちゃっていいの?』

「姉さんがいいって言うなら安心だから。じゃあ、またな」

『たまには実家に顔だしなよ。お正月も来なかったんだから』

「落ち着いたら考えるよ」

通話を終えた翔太が、「あー、喉が渇いた」と、剣士がグラスに入れておいたミネラルウォーターを飲んだ。

「黒内武弘、また紫陽花亭に行ったんだね。水穂さんは信用してるみたいだ」

「紫陽花亭は京都に支店もある老舗料亭だからな。武弘が尻尾振っとくとメリットがあるんだろ。同じ老舗でも、若造たちが継いだ小さなつきみ茶屋には足で砂かけまくってるのにな」

「ホントだよ。……なんかムカムカしてきた」

つい思い出してしまった武弘の顔を脳裏から振り払うべく、剣士もミネラルウォーターを勢いよく飲み干す。

「もう少しの辛抱《しんぼう》だ。この罠がハマれば、とりあえず献立パクリ問題は解決するはずだから。下に行って蝶子を待とう」

栗色の髪を揺らしながら、翔太は自信たっぷりに微笑んだ。

◆

ほどなく、店の格子戸がガラリと音を立て、仕事終わりの蝶子が入ってきた。翔太が呼んでおいたのだ。

「ごめーん、今日は行けなかったの、例のパクリ店。しばらく立て込んでて行けそうにないかも。翔ちゃんたちはどうだった？」

相変わらず麗《うるわ》しい芸者姿だが、やや千鳥足だ。座敷でかなり飲んできたのだろう。

「江戸料理を謳《うた》ったファミレスだった。うちの敵になんてなりそうもないかな。なあ、剣士？」

涼し気な瞳で翔太が目配《めくば》せを送ってくる。

「そうだね。寿司とか蕎麦なんかもあったけど、料理の素材はほぼ冷凍だし、作り置きをレンジであったためただけ。翔太の料理とは比較にならないかな。蝶子さん、心配してくれてありがとうございます」

「そうなんだ！　良かったー、同じような献立を安く出してたらどうしよう、なんて思ってたんだ。あー、マジ良かったー」

心底安堵したように蝶子が言う。

これが嘘で彼女がスパイだとしたら、世紀の大女優である。

「……同じような献立か。もしもだけど、お江戸屋がうちと同じ献立を半値で出してたら、どうなると思う？」

すっとぼけた翔太の問いに、蝶子は肩をすくめる。

「比較にならないんじゃないかなー？　だって、利用者のタイプが違うでしょ？　つきみ茶屋は、手が込んだ美味しい江戸時代のお料理を、店主の解説つきで楽しめる店。ある意味、非日常よね。ファミレスっていうのは、安さと利便性がウリの日常だもん。同じ献立だったら、翔ちゃんのすご腕が際立つだけじゃないかな。お江戸屋は安かろう悪かろうだよねー、みたいな」

「じゃあ、うちとお江戸屋が毎週ずっと同じ献立だったら、どうなるかな？」

翔太が切れ長の目で蝶子の顔を覗き込む。どんな嘘をも見逃さないと物語っているかのような、真っすぐな眼差しで。

「毎週？　だったら……ちょっと問題かもねー。どっちかが真似してるってことになっちゃうし、どうせ同じなら半額のお江戸屋でいいかって、味のわかんないお客さんがあっちに行っちゃうかもしれないし……。でも翔ちゃん、なんでそんなこと訊《き》くの？」

屈託《くったく》なく小首を傾げた蝶子から、「いや、なんでも」と視線をずらして、翔太は本題に入った。

「おといさ、〝桜の花見膳〟の試食してくれただろ、来週から出す献立」

「うん、最高に美味しかった。特にアワビのわた蒲鉾。雉のつみれ団子も美味しかったし、桜のおこわも最高だった！　あたし、翔ちゃんの作るお料理、どれも大好きだよ」

翔太を見上げて目尻を下げる蝶子。酔っている彼女はあどけなくて、とても正直だ。翔太を想う気持ちが全身から溢《あふ》れている。

「ありがとう。でさ、その次の週の話なんだ。再来週は〝春の初物膳〟にするつもりだったんだけど、いい鰹が入らなそうだから変えようと思って」

「えー、楽しみにしてたのにー。なんてウソ。翔ちゃん、どんな献立でも外さないから。で、何にするの？」

「〝春のおかず番付膳〟。江戸時代に流行った、おかずランキングの料理がベースなんだ。えーっと内容は……」

「翔太、これ」と、剣士が和紙の献立表を渡す。

「おう、サンキュ。〝鯖《さば》のぬた和えと叩き牛蒡《ごぼう》〟〝イイダコとつくね芋の含め煮〟〝和牛と春菊の焼きしゃぶ風〟〝土鍋どんこ飯《めし》〟〝手作り豆腐と春野菜のけんちん汁〟。この一汁三菜で行こうと思う。どうかな？」

翔太から和紙を手渡された蝶子が、「どんこ飯ってなんだっけ？」と尋《たず》ねてくる。

「椎茸飯《しいたけめし》。春の椎茸は身が厚くてウマいんだよ」

「ふーん。……いいと思うよ。うん、すごくいい」

どこかぞんざいな言い方で、蝶子が頷く。

「なんか不満そうに見えるけど、オレの気のせいかな？」

「あたし、椎茸って苦手なんだ。翔ちゃんに何回か言ったと思うけど」

「あ、そーか。そうだったな」

「でも、あたしのための料理じゃないもんね。お店の献立なんだから、あたしの好みで考えるのは変だよね。きっと椎茸好きの人なら最高の献立だと思うよ」

「そう言ってくれるとうれしいよ。じゃあ、再来週はこの〝春のおかず番付膳〟にする。蝶子が店に来てくれるなら、どんこじゃなくて別の飯物を用意するよ。苦手な食材があるお客さんにはそうしてるから」

「わ、ホント？　じゃあ、お座敷が休みの日に予約する！」

本題が終わったので、剣士はワインボトルとグラスを運んだ。

「蝶子さん、これで再来週の献立が決まりました。わざわざ寄ってくれてありがとうございます。いい白ワインが入ったんで、一杯飲んでってください。今日の残りもんでよければ、つまみも用意しますよ」

「ありがとー。じゃあ、みんなで飲みましょ！」

ご機嫌になった蝶子は、ワインボトルをほぼひとりで空けて帰っていった。

剣士が筆文字で綴《つづ》った、先ほどの献立表を懐に入れて。

「――これで罠は張れた。あとは、次のお江戸屋がどの献立を出すか、だ」

翔太は二階の居間にあるちゃぶ台風のテーブルで、香り高いアールグレイティーを飲んでいる。

「うまくハマってくれるといいんだけど……。結果は来週だね」

「ああ。また行くのは癪《しゃく》だから、電話で問い合わせるか。あ、店のホームページに載るかもしれない。それでチェックできるかもな」

「そうだね。わざわざ行くほどの料理じゃないだろうから」

剣士も紅茶をひと口飲んでから、翔太の計画を反芻《はんすう》する。

要は、静香・水穂・蝶子の三人に、わざと別々の献立を告げたのだ。

そのどれかが次週のお江戸屋で採用されれば、誰からつきみ茶屋の献立が漏れたのかハッキリする。

静香に教えたのは『イの献立』だ。

〝鰯と菜の花のぬた和え〟〝塩づけ本鮪トロの干し物〟〝軍鶏と自家製油揚げのつけ焼き〟〝枝豆の土鍋炊き込みご飯〟〝ホタテしんじょと三つ葉の澄まし汁〟。

水穂には『ロの献立』を伝えた。

〝小鯵と生ワカメのぬた和え〟〝一夜干しスルメイカの醬油焼き柚子風味〟〝鴨団子と自家製豆腐の木の芽田楽〟〝蕾菜とアサリの土鍋炊き込みご飯〟〝春野菜ののっぺい汁〟。

そして蝶子には『ハの献立』を教えていた。

〝鯖のぬた和えと叩き牛蒡〟〝イイダコとつくね芋の含め煮〟〝和牛と春菊の焼きしゃぶ風〟〝土鍋どんこ飯〟〝手作り豆腐と春野菜のけんちん汁〟。

これらは、すべてダミーだ。本当に出そうとしている献立は別にある。

翔太と剣士、玄の三人しか知らない〝春の初物膳〟。先ほどは「いい鰹が入らない」と偽ったが、当初から考えていた初鰹や山菜を使う献立である。

そのレシピを綴ったいつものノートは、常に目の届くところに置いてある。寝るときも剣士が枕の横に置くという念の入れ方だった。

――果たして、つきみ茶屋の身内にスパイがいるのだろうか？

いたとしても、わざとだとは思わない。きっと誰かに利用されているのだろう。その誰かを洗い出すのが、今回の目的なのだ。

「剣士。この計画、玄には言わないでおいてくれ。うっかり誰かにバラされたりでもしたら台無しだ」

「もちろん。玄さん、お酒飲むと口が軽くなるからね。すべて終わってから、何をしたのか教えるよ」

「よし。とりあえず仕込み終了だな」

「だね。僕は包丁の練習をするよ。今日はステンレス包丁を使ってみる」

「おお、ステンレスはまだ苦手って言ってたのに、使う覚悟ができたのか。よし、オレが練習につき合う」

「助かるよ」

ふと、父親の形見である薄刃包丁を思い出した。

居間の棚の上に亡き両親の遺影が置いてあり、その横に、父が愛用していた包丁が箱に入ったまま飾ってあるのだ。

あれを使ってみようかな……。

棚に近寄って細長い箱を開ける。

中から鋭い刃先の薄刃包丁が現れた。

包丁職人の名前が刃元に入ったプロ仕様の一本。通常のステンレスではなく超硬質鋼材で、野菜でも肉でも切れ味最高だと父が豪語していたものだ。

「剣士、親父さんの包丁を使うのか？」

翔太が後ろから近寄ってくる。

「一瞬そう思ったんだけど、こんな鋭いのはまだ無理かな」

ステンレス包丁で手を切ったときの記憶が、蘇《よみがえ》りそうになってしまった。

「いきなりプロ仕様はハードルが高いかもな。もっと刃先が滑《なめ》らかなステンレス包丁から始めてみるか。オレの私物を貸すよ」

「そうだね、ありがとう」

剣士は箱のふたを閉じ、いつかはこの包丁も使いこなせるようになりたいと願いながら、遺影に向かって軽く両手を合わせた。

目を閉じると、耳元で懐かしい声がした。

(――焦るな)

「……父さん?」

遺影の父親を凝視する。

柔和《にゅうわ》な笑みを浮かべた着物姿の父親は、当然だが何も反応しない。

「どうした?」

「翔太には聞こえなかった? 焦るな、って声」

「いや、聞こえなかったけど」

「……空耳かな。ごめん、厨房に行こう」

若干、後ろ髪を引かれながらも、剣士は翔太と共に一階へ下り、ステンレス包丁の練習を始めたのだった。

◆

あっという間に一週間が経った。

その日の午前中に、剣士はお江戸屋へ電話をかけた。店のホームページを見たのだが、週替わりの献立は掲載されていなかったのだ。

はやまる胸をこらえて呼び出し音を数える。

三回コールで女性店員の声が聞こえてきた。

『はい、お江戸屋・神楽坂店でございます』

「お忙しい中すみません。問い合わせなんですけど、今週の江戸御膳の内容を教えてもらえますか？　先週とは内容が変わりましたよね？」

『少々お待ちくださいませ』

――これで誰から献立が漏れたのかがわかる。〝春のおかず番付膳〟で、イなら静香、ロなら水穂、ハなら蝶子だ。

剣士はスマホを握る手に力を込めた。もちろんスピーカーにしてあるのだが、隣の翔太も緊張の面持ちでスマホに耳を寄せている。

『お待たせいたしました。本日から献立を変えております。申し上げますね』

「お願いします」

『今週は、〝春の初物膳〟となっております』

「えっ？」

聞き間違いかと思った。

春の初物膳は、つきみ茶屋が来週から出そうとしている本命の献立だ。女性陣にダミーとして伝えた〝春のおかず番付膳〟ではないのか？

翔太も驚きで目を見開いている。

『春の初物を使った献立です。〝初鰹のお造りと焼き霜降り・辛子醬油添え〟。〝初鮎《はつあゆ》稚魚《ちぎょ》と山菜の天ぷら〟〝早《さ》わらびと雛鳥《ひなどり》の卵とじ〟。それから、〝初鰹のナマリと紫蘇《しそ》入りご飯〟〝白魚《しらうお》の蕎麦仕立て椀〟となっております』

——脳天の奥が痺れてきた。

その内容はまさに、翔太が玄と一緒に考案してノートに書き記した、〝春の初物膳〟そのものだったのだ。

「わ、わかりました。ありがとうございます」

急いで通話を切り、翔太を凝視する。

「これって一体……？」

顎《あご》に手を添えて考え込んでいた翔太が、ゆっくりと声を発した。

「これでスパイ候補が絞り込めた。——玄だ」

第2章「献立泥棒の正体が発覚！」

翌日の朝。

玄は剣士より早く起きて朝餉《あさげ》の準備をしていた。ヘアバンドで前髪を止めて、着物にタスキ姿で何かを煮込んでいる。

出汁のいい香りが厨房内に立ち込め、空の胃を刺激する。

「おはよう、玄さん」

「やっと起きたか、寝坊助が。今朝は俺の手打ちうどんだ。甘辛く煮たおきつねさん入りのうどんにしたぜ。ちくっと待っとれや」

「その前に、聞きたいことがあるんです」

「なんでぃ、手短に頼むわ」

調理の手を止めようとしないので、剣士はガスレンジの火を止めた。

「おい、なにすんだよ！」

「大事な話なんですよ！　つきみ茶屋の未来がかかってるんです」

「……どうしたんだ？　そんな真剣な顔して」

剣士は深呼吸をしてから、玄をしかと見つめた。

「玄さん、ここ最近、早起きしてどこかに行ってませんか？」

「え？」

「朝餉を作る前に、外に出たことありますよね？」

「な、なんだい藪《やぶ》から棒に」

わかりやすく動揺している。

「怒ってるわけじゃないんです。ちょっと確かめたいだけ。だから、本当のことを教えてください」

「……絶対に怒らねぇかい？」

「もちろん。僕らのあいだで隠し事なんて水臭いじゃないですか。腹割って話しましょうよ。ね？」

「わかったよ。ひとりで外に出るなって、お前さんには言われてっけどさ。俺だってひとり歩きしたいときがあるんだよ」

うつむき加減で玄が答える。

やっぱり、玄さんは僕が起きる前に外出していたのか……。

翔太が昨日言った言葉を思い出す。

「イ、ロ、ハのダミー献立は漏れなかった。漏れていたのは本物の献立だ。この計画を知らないのは玄だけ。おそらく、玄が誰かに献立ノートの中身を話したんだ。その誰かがスパイってことになるから、早急に手を打つ必要がある。きっと玄は、剣士に内緒で外出でもしていたんじゃないか？　話したら怒られるから、ずっと内緒にしているんだろう」

玄さんから本当のことを聞き出さないと。だから警戒心を抱かせちゃだめだ。あくまでも穏やかに、自然に話をしていこう。

剣士はやさしく微笑みかけた。

「わかります。めっちゃわかりますよ。玄さんだって、ひとりで外を歩きたいですよね。そんなとき、どこかに寄って誰かと話したりもするんですか？」

「この辺りをぶらつくだけさ。たまにご近所さんと挨拶くらいはするけど」

「ご近所さん、ですか。たとえば？」

「隣の甘味屋の旦那とか、すぐ先の煎餅屋《せんべいや》の倅とか、花屋の女将とか……」

「花屋？　それって神楽坂上の『花富士《はなふじ》』さんですか？」

「そうさ。花富士の女将。朝早くからせっせと働いてんだよ。寝坊助のお前さんと違ってな」

『花富士』とは、つきみ茶屋と契約している花屋。今は近代的な商業ビルの一階に入っているが、創業百五十年の老舗だ。剣士の注文に的確に応じ、週一ペースで季節の生け花を花器ごと届けてくれる。

「それで玄さん。つきみ茶屋の献立について、誰かに訊かれたことはないですか？　うちは週替わりの一汁三菜だから、楽しみにしてる人も多いと思うんですよね」

「その通りだよ。この先、どんな料理を出す予定なのかって、会うと訊いてくる人がいるぜ。詳しく知りたがるから、献立帳を持ってって見せたこともあったなぁ」

「ノートを見せた？　だ、誰にっ？」

つい、声が高ぶってしまった。

「……もしかして、悪いことしちまったのかい？」

玄が上目遣いになる。

いかん、不安にさせてしまった。落ち着いて話さないと。

「いや、玄さんは何も悪くないです。ご近所さんに訊かれたんだから、答えるのは当たり前ですよ。僕だってそうします」

「だよな。翔太だってそうするだろ？」

「もちろんですよ。翔太も玄さんと同じようにするはずです。で、誰にノートを見せたんですか？　もしかして、花富士さん？」

「そうさ。いつもうちに生け花を持ってくるだろ？　仕事熱心な女将だよ」

玄が言う女将とは、花富士の跡取り娘で女店主の中園礼子《なかぞのれいこ》。ふっくらとした顔つきの、非常にセンスのいい中年女性だ。

「見せたのは礼子さんにだけ？」

「そりゃそうだよ。うちの出入りだったから見せたんだぜ。誰彼構わず見せたりするもんか」

「玄さん、さすがですね。それで、花富士さんにノートを持ってったのは一度だけ？　いつ頃ですか？」

「あー、先月の終わりくらいだったかなぁ。一度っきりだ。〝桜の花見膳〟も次の〝春の初物膳〟も、いい内容だって感心してたぜ。先々の献立が決まったら、また教えてほしいって言ってたっけな」

これでほぼ決まりだ。献立は花富士の礼子から漏れたのだ。

「玄さん」

「あ？」

「ちょっと出かけてきます。すぐ帰るから、誰か来ても出ないでください。電話も取らないで。いいですね」

「なんだい、せっかく朝飾を……」

「帰ったらもらいますから。緊急事態なんです！」

スウェットの上に綿のパーカーを羽織り、剣士は店を飛び出した。

◆

神楽坂上にある花富士へ、猛ダッシュで向かった。

先代で隠居した中園礼司《れいじ》も、その娘で現店主の礼子も、剣士が生まれたときから近所にいた地元の知り合いだ。しかも、つきみ茶屋を旬の生け花で彩《いろど》ってくれる大切な取引先。客として何度か来てくれたことだってある。

まさか、ライバル店に情報を流すなんてあり得ない。きっと何か理由があるに決まっている！

礼子が生け花を替えに来るのは週に一回。剣士が店にいるときに来ることも多いのだが、それぞれが仕事の作業中ということもあり、ゆっくり話す暇はなかった。翔太もしかりだ。アルバイトの静香とは世間話をしていくこともあったけど、剣士は挨拶を交わして生け花の感想を述べる程度。献立について質問されたことなど、これまではなかった。

――一体なぜ、うちの献立を気にし始めたんだ？　誰に頼まれた？　単刀直入に問いかけていいのか？　それで本当のことを話してもらえるのだろうか？

途中で石畳につまずきそうになったが、剣士はとめどなく流れる疑問符つきの思考を、止められないままでいた。

こじゃれたビルの一階にあるオシャレなフラワーショップ。それが、花富士だった。店の前には商品の花々が美しく飾られ、多種多彩のアレンジメントが置いてある。

剣士は乱れた呼吸を整えてから、花富士の入り口をくぐった。

「おはようございます！」

「あら、剣士くん。お店に来るなんて珍しいね。生けた花の件で何かあった？」

赤いフレームのメガネをかけ、店名の入ったエプロンをつけた礼子が、穏やかに微笑んでいる。

「いえ、ちょっとお訊きしたいことがあって。お忙しいところすみません」

「大丈夫。今日はバイトさんに配達してもらってるから。どうしたの？」

いつも通り愛想のいい礼子の態度に戸惑いつつ、思い切って問いかけた。

「うちの翔太が、献立ノートをお見せしたと思うんです。週替わりの献立が先々まで書いてあるノート」

「ああ、見せてもらいました。春の献立、全部美味しそうだったわ」

「ノートのこと、僕は今朝まで知らなかったんです。なんで礼子さんが献立を？」

「つきみ茶屋に生ける花の参考にさせてもらおうと思ったの。翔太さんがここを通りかかったとき、よく話してくれたのよ。次はこんな料理を出すつもりなんだって。それを聞いてたら、もっと内容を詳しく知りたくなったのよね。そのほうが生け花に反映できるから」

「その献立なんですけど、誰かに話したりしませんでしたか？」

「……話したこと？　ちょっと記憶にないなあ」

小首を傾げる仕草《しぐさ》からは、悪意など感じられない。

この人が漏洩《ろうえい》の原因じゃないのか？　だとしたらどこから漏れたんだ？

困惑する心をどうにか押さえて、再度質問を繰り出す。

「じゃあ、献立を何かにメモった記憶はないですか？」

「あ、それはある。見せてもらったノートの献立、手帳に写させてもらったんだ。あとでちゃんと料理と花の組み合わせを考えようと思って。でも、一体なんで……」

「その手帳、今どこにありますか？」

「ここにあるけど……」

「見せてください！　お願いします。理由はちゃんとお話しします」

「ちょっと待ってて」

剣士の勢いに負けたのか、礼子がレジカウンターから黒い表紙の手帳を持ってきた。

「これ、わたしの個人手帳。最後のほうに書き留めたんだけど……あれ？」

手帳をめくっていた礼子の手が止まった。

「やだ、書いたページに泥がついてる！　こんな汚れ、わたしが書いたときはなかったのに」

「マジですかっ？」

領いた礼子が、メガネの奥から剣士の顔を凝視した。

「……ごめんなさい、誰かに見られたみたい。もしかして、この献立のことでご迷惑をおかけしたのかしら？」

剣士はどこから説明したらいいのかわからず、しばらく無言になってしまった。

「——つまり、黒内屋さんの新店舗にこの献立を盗まれたってことよね」

「そう。だから、どこからなぜ漏れたのか、ずっと探ってたんですよ」

どうにか説明を終えた剣士の前で、「申し訳ないです」と礼子が深々と頭を下げた。

「私のせいでとんでもないことになってしまって。本当にごめんなさい。これからどう償《つぐな》えばいいのか……」

「いえ、礼子さんのせいじゃないです。うちの店のために献立を訊いてくれたんですから」

そして、玄も店のためにノートを見せたのだ。すこしでも剣士たちの役に立ちたくて。誰も悪くないし咎《とが》められない。

「でも、つきみ茶屋の献立を軽く扱ってしまった。私が手帳に書き写したりしなきゃよかったのに」

「そこですよ」

「そこ？」

頭を上げた礼子の手に、黒い手帳が握られている。

「翔太がここに来てノートをお見せしたとき、店内に誰かいませんでしたか？　その人が話を聞いていたのかもしれない」

本当は、ノートを持ってきたのは翔太じゃなくて玄だったのだが、今はどうでもいいことだ。

「……えーと、あの日はバイトの子がいて、配達の準備をしてたかな。あとは誰もいなかった。開店前だったから」

「そのバイトさんって、今日も配達に行ってる人ですか？」

剣士の言葉に、礼子は急にハッとなった。

「そう。実はね、今日の配達先に黒内屋さんがあるの。新宿《しんじゅく》三丁目の本社」

「ええっ！」

その瞬間、店の奥でバタンッと音がした。裏口から店内に入ろうとしていた小太りの青年が、あわてて走っていく。

「ちょっと、奥川《おくがわ》くん！　仕事中にどうしたのよ！」

「あれがバイトさん？」

「そう、奥川徹《とおる》くん。配達から戻ってたんだわ」

剣士は奥川を追って店を飛び出した。坂下に向かってドタドタ走る奥川を、猛ダッシュで追いかける。

「奥川さん、ちょっと待って！」

「うわっ！」

通行人にぶつかった奥川が、ぶざまに倒れ込む。

剣士はすかさず近寄り、起き上がった奥川の肩を押さえつける。指先を見ると、少し泥がついていた。花をいじるときに汚れたのだろう。

おそらく、この男は泥で指が汚れていることが多い。その指で、礼子さんが書き留めた手帳をめくった。だから、献立のページに泥がついたのだ。

「なんで逃げたんですか？　店に戻って説明してください」

痩せたらイケメンになりそうな奥川は、道路に打ちつけた膝《ひざ》を痛そうにさすり、観念したかのようにうなだれた。

花富士に戻った奥川は、申し訳なさそうに事情を語った。

「月に三回くらい、黒内屋の本社に花を届けてるんです。受付とか役員室に飾るアレンジメント。先月だったかな、会社の人から話しかけられたんです。『君の花屋は、つきみ茶屋にも花を届けてるよな』って。はいって答えたら、極秘の仕事をしてほしいって頼まれました。『つきみ茶屋に関する情報を探って報告してほしい。どんなことでもいい、ネタ次第で料金を払う。重要なネタは大金になるかもしれない』。そう言われたんです。そしたら、店長がつきみ茶屋さんと献立の話をしてるの聞いちゃって……」

「それでわたしの手帳を見たのね。一体いくらであの献立を売ったのよ！　わたしに内緒でそんな浅ましいこと引き受けるなんて、冗談じゃないわ！」

烈火《れっか》のごとく憤る礼子を、奥川は奥二重の瞳で悲し気に見た。

「後ろめたい気持ちはありました。そんな汚い仕事なんてしたくなかった。だけどうち、母親が寝たきりになっちゃって。父親はとっくに亡くなってるし、大学辞めて僕が働くしかなかったんです。だから、これでお金になるならって、つい出来心であのページを写真に撮っちゃって……。でも、手帳を見たのは一度だけです。もうあんなことは絶対にしません」

「どんな事情があったって、あなたがやったのは泥棒よ！　そのせいで剣士さんのお店が大変なことになったんだから！」

「ですよね。本当に申し訳ないです。……罪は償います。警察に連れてってください」

うなだれたまま、奥川は剣士に向かって言った。

「ちょっと待って。僕からも訊きたいことがあります。あなたに情報提供を求めた黒内屋の社員って、専務の黒内武弘って人ですか？　背が高くて鷲鼻で威圧感のある男」

「違います。たぶん役員とかじゃないです。格闘家みたいに身体の大きな男の人。正直、おっかなかったです。僕の家のことも調べてあって、『お母さん、長生きされるといいね』とか言われたんです。脅しだと思いました。名前は知りません。連絡はその人のフリーメールにしてました」

もしかしたら、剣士と玄を抱えてお江戸屋から追い出した、黒服の屈強な巨漢かもしれない。だったら、そいつは武弘の部下だ。あの武闘派的な部下が奥川を脅していたのなら、同情の余地はある。

「奥川さんを警察に届けたとしても、大した罪にはならないでしょうね。行くだけ時間の無駄ですよ」

え？　と礼子と奥川がこちらを見た。

「礼子さん、奥川さんは長くバイトしてるんですか？」

礼子は戸惑いながら、「もう一年くらい」と答える。

「仕事ぶりはどうでした？　さっきの家庭事情って本当ですか？」

「……剣士くんに言うのもどうかと思うけど、真面目でよく働いてくれる子なの。お母さんのことも嘘じゃない。お宅にお見舞いに伺ったこともあるし」

「わかりました。じゃあ、今回のことはもう忘れます。礼子さんも忘れてください。お願いします」

「剣士くん……」

礼子が絶句し、奥川は息を呑《の》む。

「あの……どうして……？」

おずおずと声を出す奥川に、剣士は言った。

「さっきの出来心って言葉、僕は信じます。礼子さんさえ大丈夫なら、ここでバイトも続けてください。その代わり、これからは絶対、うちのことを黒内屋に話さないで。今日のことも含めてです。何もなかったことにして、黒内屋本社の配達を続けてほしいんです。彼らからは、この先も嫌がらせを受けるかもしれない。それが過剰になったら、奥川さんが僕を助けてください」

「……どうやって、ですか？」

「それはまだわからないけど、僕も何かを頼むかもしれません。あっちのような卑劣《ひれつ》なことだけは、しないつもりですけど」

このとき剣士は、頭をフル回転させながら話していた。

嫌な言い方だけど、ここは奥川さんと礼子さんに恩を売っておこう。ふたりは黒内屋の本社に出入りできる。役員室にアレンジメントを届けているのだ。この先、黒内から白金の盃を取り戻すために、協力してもらえるかもしれない。なんの対抗手段も持たないつきみ茶屋にとって、このふたりが武器になる日が来るかもしれない。

「わかりました。それで今回の件を許してもらえるなら、花富士は剣士くんに協力します。うちが力になれることならなんでもします。奥川くん、わかった？　二度とわたしを裏切らないって誓える？」

礼子が奥川を睨んでいる。

「はい。反省してます。剣士さん、ありがとうございます」

奥川が床に痛む膝をつけて両手を置く。土下座をしようとしているのだ。

剣士も膝をつけて、奥川の両肩に手を置いた。

「そんなことしなくていいですよ。僕は、花富士と礼子さんを信じてます。その礼子さんが、奥川さんを真面目でよく働く人だって認めたんです。なので、奥川さんの言葉も信じます。これからもよろしくお願いしますね」

しっかりと目を合わせた奥川が、こっくりと頷く。

その瞳の奥に、誠実な光が宿っているように見えた。

◆

帰宅して玄が用意してくれた極旨《ごくうま》うどんを食べたあと、剣士は花富士で起きた一部始終を話して聞かせた。

「――そうか。お江戸屋に猿真似されたのは、俺が女将にノートを見せたせいだったのか。剣士、悪かったな」

「いや、誰のせいでもないです。むしろ、協力者を得られてよかったかもしれない。今後は玄さんも、献立について誰にも話さないでください。そうすれば、お江戸屋がうちの真似することはなくなるはずだから」

「あい承知した。でも、来週の献立はどうするんだい？　今週は〝桜の花見膳〟で、来週は〝春の初物膳〟だ。二週続けてあっちに先取りされるなんてなぁ」

「僕も最初はどうかと思ったんですけどね。翔太はこう言いますよ。同じ献立で上等だ、変える必要なんてない。堂々と勝負してやる、って」

「ほほう、言うじゃねぇか。そりゃあまるで俺の台詞《せりふ》だな」

「確かに玄さんが言いそうだ。さて、店の準備をしましょうか」

「おう。下ごしらえはしてあるぜ」

玄が厨房で動き出す。

剣士はパソコンを開いて、今夜の予約表を確認した。

お江戸屋のせいなのか、今月に入ってからがっくりと客足が落ちている。

昨夜は、あからさまに愚痴《ぐち》る若い客もいた。

「なんだよ。〝桜の花見膳〟って、お江戸屋と同じ料理じゃないか。なのに金額は倍。これならお江戸屋で安く済ませればよかった」と。

それでも剣士は笑顔で各料理の説明をし、江戸時代の花見について語って聞かせた。

日本の春といえば桜。古くは平安時代、嵯峨《さが》天皇が神泉苑《しんせんえん》で催したものが、この国で初めての桜のお花見とされているそうです。お花見が庶民にも広がったのは江戸時代。八代将軍・徳川吉宗《とくがわよしむね》が庶民の娯楽を作るために、隅田川《すみだがわ》の堤防や江戸の飛鳥山《あすかやま》に桜を植えたことで、誰もが桜を愛《め》でながら宴会をするようになりました。

その際に使用されたのが、「提重《さげじゅう》」と呼ばれる漆塗りの重箱です。取っ手のついたケースの中にいくつもの重箱が収納された、持ち運びしやすいものでした。

重箱の一段目には蒲鉾や玉子焼きを見栄えよく並べ、二段目や三段目には蒸した魚や刺身を入れて、四段目には紅梅餅や小倉のきんとんなどの甘味を詰める。別の容器に焼きおにぎりなどの飯物も用意した、とても豪華な花見弁当だったそうですよ。もちろん、内容はご家庭によって違ったのでしょうけど。

そもそもお花見とは、「春になって山から桜の木に下りてこられた田の神を、料理と酒でもてなす」ことが趣旨《しゅし》だったそうです。

神が依代《よりしろ》とする桜の木の元で、人々も一緒に食事をする。自然の中にいる神々を敬い、感謝しながら暮らしていた日本人ならではの春の宴が、当時のお花見だったのでしょう。

今ではその趣旨も忘れ去られがちですが、つきみ茶屋ではこういった形で古《いにしえ》の食文化を伝えていければ、と考えております。


拍手をしてくれる客もいれば、聞き流して食事に没頭する客もいた。

それでも、玄の知識と翔太の創意工夫、剣士の表現によって、つきみ茶屋は「江戸時代の風俗・文化を、食事をしながら体験できる店」として定着しつつあったのだ。

同じようなコンセプトの料理なのに、現代の利便性を追求した調理やサービスで提供するという、大いなる矛盾《むじゅん》を抱えたお江戸屋になど、負けるわけにはいかない。

黒内武弘。卑怯《ひきょう》な手を使って献立を盗んだ男。背後にいるのは、玄を毒殺した武士の魂だ。これ以上、うちの邪魔をするようなら、こっちだってどんな手を使ってでも阻止してやる。

そのために、黒内屋の本社に出入りしている花富士の礼子とアルバイトの奥川を味方にしたのだ。三つの盃が入っていた桐の箱も、すでに神田の古文書研究所に預けてある。箱に刻まれたくずし字が解読されるのも、時間の問題だ。

いつの日か絶対に、武弘が奪った白金の盃を奪い返してやる！

剣士は胸の奥からこみ上げた熱いものを、無理やり押さえつけたのだった。

◆

五月に入ってから、つきみ茶屋の客足は徐々に戻ってきた。

お江戸屋との献立の被りがなくなったからだろう。

だが、以前より満席になる率は下がっている。

やはり、近くに同じようなコンセプトのファミレスが登場したことが、悪い影響を与えているようだった。その忌々《いまいま》しき現況を招いた武弘とは、お江戸屋で遭遇してから一度も会っていない。

閉店後のカウンターでパソコンを開き、ため息交じりで帳簿づけをしていた剣士に、「最近元気ないですね」と、店内掃除を終えて着替えた静香が声をかけてきた。

厨房では玄が片づけをしている。

「そうかな？　前と変わらないと思うけど」

「ウソ。お江戸屋ができたから、悩んでるんじゃないですか？」

「……静香ちゃん、相変わらず鋭いなあ」

「ふふ。わたし、カンはいいんですよ。相変わらず翔太さんのオーラが日によって違うのも、ちゃんとわかってますし」

「翔太はムラがあるからね。テンションがハイのときと、そうじゃないときの差が激しいよな。料理のムラはないんだけどさ」

「ホント。不思議なくらい変わりますよね、翔太さん。もう慣れちゃいましたけど。それよりも、今は剣士さんが心配です」

隣に座った静香が、剣士の顔を覗き込む。

ふわん、と石鹼《せっけん》のような香りがして、剣士は緊張感を覚えた。

どうしても、静香の前では身体が固くなる。こちらの思考を読み取られるような気がするからか、それとも、女子として意識してしまっているのか、自分でも理由がわからない。

「大丈夫ですよ」

静香がやんわりと微笑んだ。

「イレギュラーなのは今だけです。きっと元に戻りますよ。つきみ茶屋の真心の料理とサービスを超える店は、この界隈にはありませんから。バイトの分際で生意気ですけど、剣士さんにはこれまで通りでいてほしいです。包丁の練習も、毎晩欠かさずにしてますよね。尊敬します。そういう見えない陰の努力って、お客様にも伝わると思うんです」

「……ありがとう」

ほんの少しだけ、肩に乗った重さが軽くなった気がした。

理解してくれる人がいる。見ていてくれる人がいる。

そう思えたことが、励ましの言葉以上にありがたかった。

「わたし、剣士さんが毎日作ってる手書きのお品書き、好きなんですよね。筆文字があったかく感じるし、楽しい時間を過ごしてほしいって、想いがこもってる気がして。だから、このあいだもらった〝春のおかず番付膳〟のお品書き、大事にとってあるんです。結局〝春の初物膳〟に戻ったから、味見は幻になっちゃいましたけど。翔太さんのお料理と剣士さんのサービス、本当に最強だと思います」

「静香ちゃん、褒め上手だなあ。うれしくなっちゃうよ。お客さんからの評判もいいし、うちにバイト志願してくれて助かった。翔太だって、静香ちゃんには心底感謝してると思うよ」

剣士がそう言った途端、静香は急に黙り込んでしまった。

……今、何か気に障《さわ》るような発言しちゃったのか？

内心で冷や汗をかきながら、「静香ちゃん、どうかした？」と話しかけた。

「褒め上手なわけじゃないです。わたし、本当に思ったことしか言わないですよ。それに……」

目を逸《そ》らしたまま、彼女は小声でささやいた。

「剣士さん、わたしが翔太さん目当てだと思ってますよね？　それ、違います。……逆です。翔太さんじゃないです」

「ん？」

「じゃあ、お疲れ様でした」

勢いよく立ち上がった静香が、走り去るように店を出ていく。

え？　え？　今のなんだ？　逆ってどういう意味？　翔太じゃないって……？

茫然《ぼうぜん》と静香の消えた格子戸を眺めていたら、「いい感じじゃねぇか」と耳元で声がした。いつの間にか玄がそばに来ていたようだ。

「どうやら、静香は剣士にホの字のようだねぇ。で、お前さんはどうなんだい？　まんざらでもないんじゃないかい？」

「そ、そんなんじゃないから。玄さん、妄想しすぎ。厨房の片づけは終わったんですか？」

「おう、ぴっかぴかよ。今夜も包丁の練習するんだろ？　一杯やりながら見ててやるよ」

ニヤニヤしている玄をスルーして、「帳簿が終わってないから、あとでやります」とパソコンに向かった。

「じゃあ、俺は厨房で待ってるぜ。包丁でも研《と》いどくわ」

「お願いします」

玄が立ち去り、剣士は考えた。

もう少しステンレス包丁の扱いに慣れたら、父さんの薄刃包丁も研いでおこう。いつでもすぐ使えるようにしておきたいしな。よーし、今夜も練習頑張るぞ！

やる気が全身にみなぎってくる。

どういうわけか、さっきまで全身を覆っていた倦怠感《けんたいかん》が、嘘のように消え去っていた。

◆

数日後、思いも寄らぬ出来事があった。

神楽坂町内会の会長が、一大イベントの相談をしに訪れたのだ。

「東京ローカル局の人気番組『チャンプTV』ってあるでしょ。あれでね、神楽坂を舞台に公開収録をしたいって依頼されたんだよ。和食の名店の料理人が真剣勝負をして、番組内で勝者を決めるらしいんだ。神楽坂の宣伝にもなるし、うちとしては全面的に協力するつもりなんだけどね。先方がここらの和食店を調べて、つきみ茶屋にも出てほしいって言ってるんだよ」

開店前のカウンターで緑茶をすすりながら、白髪頭の会長がゆっくりと話している。相手をしているのは剣士と翔太だ。

「チャンプTV。菓子職人が腕を披露《ひろう》し合ったり、ラーメン通が知識や味覚を競い合ったりする、料理系の対決番組ですよね。確か、第一試合とか決勝戦とかあるはずですけど？」

剣士が詳細を尋ねると、会長は大まかな番組内容を説明してくれた。

第一試合は歩行者天国の神楽坂に四店が屋台を出し、実際の集客数で勝敗を決め、上位の二店が決勝戦に進む。

決勝戦は食材が用意されたキッチンスタジオに移動し、テーマに沿った献立を即興で調理。審査員の判定で勝者が決まるそうだ。

「第一試合は二時間だけ屋台を開く。屋台の客は一般の素人さんたち。あらかじめ集めた百人のエキストラに、時間をずらして来てもらう。そこに当日の通行人も入れて、客の流れを止めないようにする。収録エリアの一角に飲食スペースを設けて、屋台料理を食べてもらうらしい。味の審査なんかはなし。とにかく人気を集めた屋台が、二店だけ勝ち残るんだってさ」

そこで会長は、ずずっと茶を飲み干した。

「ヤラセなしの真剣勝負だって、制作会社の人が息巻いてたよ。屋台のセッティングや必要な食材の準備は、店の希望通りに先方がしてくれるそうだ。料理や演出は自由だけど、基本的に出すのは一品だけ。選べるトッピングなんかは五種類まで。手伝うスタッフも五人くらいが目安。決勝に進んだ場合、お題のテーマは当日その場で発表される。スタジオで作った料理を審査員が試食して勝敗を決める。優勝者にはトロフィーと賞金が与えられるってさ。どうだろう、店の宣伝にもなるだろうから、出演してもらえないかね？」

いつも困っているような顔つきの会長が、剣士と翔太を交互に見ている。

「うち以外には、どこの店が出演する予定なんですか？」

翔太が質問すると、会長は咳払《せきばら》いをしてからのんびりと答えた。

「ええと、蕎麦居酒屋の『藪庵《やぶあん》』。神楽坂に本店があるもんじゃ焼き割烹の『焼き丸』。老舗の名店ばっかだ。それから……なんだっけ？」

そこで止まってしまった会長が、鞄から書類を取り出す。

「そうそう、先月できた『お江戸屋』だ」

「お江戸屋も出るんですかっ？」

つい大声になってしまった剣士に、会長が顔をしかめる。

「あっちも創作江戸料理だから、つきみ茶屋と被っちゃうだろ？　老舗の名店ってわけでもないしな。番組的には別の店にしたかったみたいなんだけど、企画を知ったお江戸屋のお偉いさんから、どうしても出たいって言われたみたいで……って、これ言っちゃいけない話だったわ。とにかく、『神楽坂・料理人対決』ってサブタイトルでやるんだとさ」

要するに、黒内屋からねじ込まれたってことだろう。料理人対決ってことは、お江戸屋の料理長になった海堂保が出演するのかもしれない。

「翔太くん、出てくれないかな。テレビだから、画面で映えそうな男前の料理人がほしいらしくて……」

「出ます。いえ、出させてください」

きっぱりと翔太が言い切った。

「剣士、いいよな？」

「あ、ああ。翔太がそうしたいなら」

「それはありがたい。じゃあ、番組の企画書置いてくよ。屋台で出す料理は、来週までに決めてうちに連絡して。よろしく頼むね」

いそいそと会長が帰っていく。

剣士は急展開すぎる話に、今一歩ついていけずにいた。

「翔太、即決しちゃったけど大丈夫？」

「お江戸屋が出るのに、こっちが出ないわけにはいかないだろう。テレビ番組で対決できるなんて渡りに船だ。つきみ茶屋の実力を見せつけてやる！」

「でもさ、黒内屋はお江戸屋をねじ込む力があるんだよ？　出来レースであっちの優勝が決まってたりしないかなあ」

「いや、オレはヤラセなしのガチ対決って言葉を信じる。このコンプライアンスが厳しいご時世で、テレビ局も番組内容でヘタ打ったりしないよ」

「それはそうかもだけど……」

「剣士、当日は静香にも手伝ってもらおう。可能なら蝶子もだ。屋台で何を出すのか、玄とも相談しないとな。お江戸屋なんかに負けない料理を考えるぞ！」

すでにやる気が漲《みなぎ》っている翔太。その熱意に剣士も突き動かされていく。

「わかった。僕も全力でサポートするよ。こうなったら打倒・お江戸屋だ！」

早速、翔太はお気に入りのヒーリング音楽で眠りについた。

即座に起きた玄は、翔太の興奮を感じ取っていたようだった。

「わっしょいわっしょい！　剣士、なにやら祭りの気配がしたぜ！　身体があっちっちだよ。なにが起きようとしてやがるんだい？」

「ええと、現代にはテレビって便利な映像機があるのは教えましたよね？」

「おう、二階の茶の間にある魔法の板な。あんま観ねぇからよくわからんけど」

「そのテレビに翔太が出るんです。神楽坂の江戸っ子料理人たちが対決して、横綱を決めるんですよ。要するに、江戸時代の番付みたいなもんです。しかも、対決相手にはお江戸屋の料理人もいるんですよ！」

「なんだってぇぇぇ！　そりゃ一大事だ。お江戸屋への復讐祭りじゃねぇか！　これぞ血祭りだ！」

――ひとしきり叫んだ玄は、根掘り葉掘り対決内容について尋ねてきた。剣士は玄が理解できるように、嚙み砕いて伝えていった。

「よーし、わかった。屋台で江戸料理を出すんだな。客の目を引きそうな演出も必要だ。だったら俺に考えがある」

「はやっ！　玄さん、料理の話だとホント頭が回りますね」

「あたぼうよ！　お江戸屋になんか絶対負けねぇからな。早速だけどよ、この辺りに農家はあるかい？　畑を耕してる農家だ」

「へ？　農家？」

「おう。そこに大事な調理器具があるんだよ。今すぐ農家に連れてってておくれ。とっておきの江戸料理を作ったるわ！」

◆

玄のアイデアを聞き、すぐさま農具のリサーチをした剣士は、それを翔太にも伝え、来たるべき本番に向けて準備を始めた。

「翔太さん、『チャンプTV』に出演なんてすごいです！　これはつきみ茶屋の宣伝チャンスですよ！　当日はわたしも剣士さんとお手伝いしますね」

そう言ってくれた静香は、以前と寸分もたがわず、何事もなかったかのように剣士と接している。

――わたしが翔太さん目当てだと思ってますよね？　それ、違います。……逆です。翔太さんじゃないです――

あの言葉に意味なんてなかったんだと、剣士は自分に言い聞かせていた。

「やはり家鴨《あひる》と長葱《ながねぎ》を使おう。甘辛い醤油ダレ、シンプルな岩塩。ふたつの味で勝負だ」

鹿、兎、猪、鯨《くじら》など、いくつもの食材を試したあと、翔太が満足そうに言った。

すると、準備を手伝っていた静香が意見をし始めた。

「翔太さん、もう少し見た目を華やかにしませんか？　テレビ番組だから、見栄えも大事だと思うんです。たとえば……焼いたプチトマトで赤みを入れるとか」

「いや、トマトは素材の味を邪魔する。料理自体は地味かもしれないけど、味は最強だ。玄が教えてくれた焼き方もインパクトが大きいはず。オレはこのままでやりたいと思う」

「そう、ですか」

残念そうに静香が目を伏せる。

いや、静香ちゃんの意見は若い女性客の意見だと思った方がいい。翔太、本当に彼女の声を尊重しなくていいのか……？

一瞬、口を挟もうかと思ったのだが、即座に撤回した。

大丈夫だ。ここは玄さんのアイデアと翔太の腕に任せよう。

ひとり頷いた剣士だったが、まさか、このときの判断を後悔することになるなんて、予想だにしていなかった。

第3章「ライバル店と屋台で対決」

「さあ、いよいよ始まりました。『チャンプTV』特別企画〝神楽坂・料理人対決〟！　江戸時代から続く歴史ある街、神楽坂。このメイン通りは、平日は〝正午から一時間のランチタイム〟が、そして日曜祝日は〝正午から午後七時まで〟が歩行者天国！　まさに『歩行者ファースト』の粋なストリートでございます。本日は、青葉に爽《さわ》やかな風が吹く中、毘沙門さまが見守る善國寺の前からお送りしまーす」

大きな蝶ネクタイをした司会の男性タレントが、カメラ目線で叫んでいる。出演者を狙う何台ものカメラや照明などの機材、イヤホンマイクをつけた何人ものスタッフ。これは収録で生放送ではないとわかっていても、身体が緊張で強張《こわば》ってしまう。今日の主役は翔太なのに。

「それでは、第一回戦の屋台対決に挑む神楽坂の料理人をご紹介しましょう。まずは、創業百年の蕎麦居酒屋『藪庵』の五代目店主・田辺三郎《たなべさぶろう》さんです」

メイン通りから外れた石畳の小路にある藪庵。田辺は剣士も昔からよく知る、いつも笑顔の小柄な老人だ。

「田辺さん、意気込みをお願いします」

「あー、えー、藪庵の田辺と申します。この度は、七十を過ぎてからこんな機会をいただきまして、誠にありがとうございます。歳は一番上でしょうけど、経験や知識も一番だと自負しております。今日は蕎麦の奥深さを皆様に知っていただけたら幸いです」

着物にタスキ姿の田辺が、ぺこりとお辞儀をする。

「田辺さんの細腕で作り上げるコシのある蕎麦と出汁の利いたつゆは、神楽坂でも屈指の味と評判。名店ならではの屋台料理、期待しております。それでは、次の料理人のご紹介です。神楽坂が本店のもんじゃ焼き割烹『焼き丸』。女性店長の大久保渚《おおくぼなぎさ》さんは、生粋の東京生まれ。大久保さん、意気込みをどうぞ」

髪を頭頂でまとめ、店名の入ったエプロン姿の大久保。長身でアスリートのような雰囲気の彼女は、意外にもまだ二十代かと思われる若々しい女性だった。

「はい、本店の店長を務めております大久保です。関東に八店舗を展開する焼き丸は、昔ながらのもんじゃ焼きがメインの割烹です。昭和初期にここ神楽坂のメイン通りで創業して以来、多くの皆様に愛されてきました。本日は、そのもんじゃ焼きをアレンジした屋台料理で勝負します」

「東京のソウルフード、もんじゃ焼きのアレンジ料理。これは楽しみですねえ。今回、紅一点の料理人・大久保さん。期待しておりますよ。では、次の料理人です。江戸末期より脈々と続く老舗割烹『つきみ茶屋』の若き料理人・風間翔太さん。いやいや、俳優になっても不思議じゃないほどのイケメンですよ！　さあ、風間さんからもひと言お願いします」

和帽子に作務衣を着た翔太が、一歩前に踏み出す。

「昨年、創作江戸料理の店として新装オープンした、神楽坂つきみ茶屋から参りました。うちは江戸時代の料理にアレンジを加えた創作江戸料理を、当時の食文化なども解説しながらご提供しています。献立は週替わりの一汁三菜膳のみ。そんな渾身《こんしん》の江戸料理の中から、今日は飛び切りの逸品を屋台で味わっていただこうと思います」

堂々と頭を下げた翔太。カメラの後ろに控える静香と蝶子が、小さく手を叩く。蝶子はなんと、芸者姿で駆けつけてくれた。静香は店用の青い作務衣、剣士も今日は動きやすいように黒の作務衣を着ていた。

「なんと、芸者のサポーターさんもいらっしゃる、美男美女揃いのつきみ茶屋さん。

注目の名店でございますよー。そして、こちらも江戸料理を専門とするお店の料理人です。皆様ご存じ、黒内屋チェーンの新店舗『お江戸屋』神楽坂店。料理長の海堂保さん、よろしくお願いします」

猫背気味の保が、白い割烹着姿でお辞儀をした。

「紹介賜《たまわ》りました、お江戸屋の海堂でございます。僭越《せんえつ》ながら、料理長をさせていただいております。わたくし共は、オリジナルの江戸料理のほか、寿司、天ぷらなど、江戸時代より根づいている日本の和食を取りそろえた新店舗でございます。本日は、江戸で食されていたお料理を屋台でお出しいたします。対戦者の皆様、お手柔らかにお願いいたします」

再び腰を折った保を、翔太が横目で睨んでいる。

剣士も「何がオリジナル江戸料理だよ、うちの真似してたくせに」と、内心で毒づかずにはいられない。

黒内武弘の姿も探したが、生憎《あいにく》なことに見つけられずにいる。

だが、絶対に武弘もどこかで見ているはずだと、剣士の脳内アンテナがうごめいていた。

「破竹の勢いで和食レストランを拡大中の黒内屋。その新店舗お江戸屋の料理、実に楽しみですよね。さあ、こちらの四名の料理人が、ガチガチの真剣勝負に挑みます。果たして、どんな料理を出してくれるのか？　屋台の集客数で戦いを制するのは誰なのか？　上位二名が決勝戦に進みます。それでは、第一試合のスタートです！」

驚くほど滑舌《かつぜつ》のいい司会者は、カメラ前で白い歯を見せた。

野球帽を被ったディレクターが、「はーい、ＯＫです！」と声を上げる。

「出場者の皆さんとサポーターさんは、屋台の準備をしてくださいね。音声さん、皆さんのピンマイクを一旦外してください。では、三十分後に本番開始です」

緊張感が解けて周囲がざわめき始めた。出演者の四人が、よろしく、どうも、などと挨拶を交わし合う。

翔太は保から、「つきみ茶屋さんの屋台、楽しみにしてます」と声をかけられた。

「こちらこそ」とクールに応じた翔太に、保は余裕を感じさせる笑顔を向けてから離れていった。

なんだよ、あの余裕。お江戸屋にだけは負けないぞ！　絶対に！

剣士は改めてそう思い、両の拳に力をこめる。

「よし、やるぞ！」

気合を入れた翔太と共に、剣士たちは用意された屋台へと歩み寄った。

◆

「さあさあ、お立ち合い！　神楽坂・料理人対決。ついに第一試合の火蓋《ひぶた》が切って落とされました。四つの屋台で呼び込みが始まり、早くも長蛇の列ができています。今回は、お集まりいただいた一般の皆様にチケットを二枚お渡しして、お好きな屋台料理を二品だけ、特設の飲食スペースで召し上がっていただきます。果たして、チケット数で第一試合を制するのは、どの料理人の屋台なのでしょうか？　制限時間は二時間です！」

ロープで仕切られた屋台の収録現場に、順番に入って来た人々が料理に舌鼓《したつづみ》を打つ中、蝶ネクタイの司会者が、各屋台で何を出しているのかリポートしていく。

「まずは、藪庵の店主・田辺さんの屋台でございます。一体、どんな料理を出しているのでしょうか？」

小柄で痩せぎすの老人だが、かくしゃくとした田辺が用意したのは、蕎麦は蕎麦でも〝蕎麦がき〟だった。

蕎麦粉と湯を鍋で練った蕎麦がきを、田辺が布巾で包み饅頭《まんじゅう》のように丸くする。それを、スタッフたちが鉄板の上で丁寧に焼いていく。両面に焼き色がついたら、プラスチック容器の上へ。そこに、〝出汁つゆをかけて生ワサビを載せる〟のがスタンダードの蕎麦がきだ。

そのほかにも〝大根おろしと生醤油〟があり、スイーツとしても食べられるように〝小豆餡《あずきあん》〟と〝きな粉〟も用意してあった。

「なんと、こちらは味が選べる蕎麦がきで勝負に出ました。田辺さん、あえて蕎麦がきにした理由を教えてください」

「はい、通常の蕎麦は細く切って茹《ゆ》でますけど、蕎麦がきは茹でないので、蕎麦粉本来の味が楽しめるんです。うちは粉の質にこだわってますので、風味をより深く感じていただきたくて蕎麦がきにしました。つゆはもちろんですが、甘い餡もよく合うんですよ」

「なるほどー。では、わたしは小豆餡の蕎麦がきをいただいてみます」

司会者が箸で蕎麦がきを崩すと、焼いた面からねっとりとした中身が顔を出し、ホワンと湯気を立てる。カメラでアップにしたら、さぞかし美味しそうに見えるはずだ。

「——美味しい！　外は香ばしくて、中は餅のように滑らかで柔らか。蕎麦の強い香りと甘さ控えめの餡子がよく合います。これは素晴らしい和風スイーツですねえ。出汁つゆで食べたらお酒のつまみにもなりますね。さすが江戸っ子蕎麦職人です」

「ありがとうございます」

田辺が蕎麦がき作りに戻る。

「いらっしゃいませー。外はカリッ、中はトロリ。老舗蕎麦割烹の特製蕎麦がきはいかがですかー」

スタッフの女性が呼び込みをしている屋台の前には、男女がバランスよく並んでいた。

続いて司会者が向かった屋台の主は、焼き丸の女性店長・大久保渚。

「これは驚きです！　もんじゃ焼きの概念を打ち砕く料理ですよ。大久保さん、これは〝もんじゃクレープ〟とでも呼べばいいんですかね？」

「ええ。米粉の生地でもんじゃ焼きを包んだ、もんじゃクレープです」

ふたつの鉄板の片側で、大久保が数種類のもんじゃ焼きを器用に作っている。もう片方の鉄板では、スタッフがクレープの生地をせっせと焼いていた。

「もんじゃ焼きは三種類用意しました。〝牛豚ミックス〟、〝明太子餅チーズ〟、それから〝シーフード・イカ墨カレー〟です。お好みで選んでいただいて、それを甘みのない米粉のクレープで包みます。紙で包んでお出ししますので、食べ歩きしてもらうのにピッタリなんです」

「いいですねえ。屋台で買ってすぐに食べ歩きたい。そんなお客さんのニーズに見事に応えたひと品です。では、明太子餅チーズをいただいてみようと思います」

アチ！　と声を上げ、司会者が白い皮のもんじゃクレープにかぶりつく。明太子にまみれたチーズがトロンと伸び、シズル感を醸《かも》している。

「うおお、中のもんじゃ焼きが最高です！　米粉のクレープがもんじゃを邪魔するどころか、日本人なら誰でも好きな味に調和させている。このもんじゃの美味しさ、ソースに秘訣《ひけつ》がありそうですね？」

「生野菜をふんだんに使って、じっくり煮込んで作ったソースです。他店のもんじゃ焼きとはひと味違うはずですよ」

自信たっぷりに笑ってから、大久保は再び客の注文に応じ始めた。

クレープの見た目からなのか、列の大半が女性客だった。

「おおっと、こちらも驚きです！　なんとなんと、農具で料理を焼いております！」

つきみ茶屋の屋台にやってきた司会者が、大声を張り上げる。

「風間さん、この料理はなんと呼べばいいんですか？」

「鋤焼《すきや》きです」

「すき焼き？　あの牛肉のすき焼き？」

「現在のすき焼きのルーツに当たる料理ですよ」

横長のガスコンロの上に、柄《え》を短くした四つの鋤が置いてある。その上で、大ぶりの家鴨モモ肉と長葱、さらに家鴨のつみれを竹の長串に刺したものが何本も焼かれている。モモ肉・長葱・つみれ・長葱、モモ肉の順に並べた、特製の鋤焼きだ。

肉を焼くジュージューという耳心地のいい音と、煙に混じった香ばしい匂い。調理の手伝いをしている剣士もたまらない。

「鋤焼きは、仏教の影響で肉を食べられなかった江戸時代に、人々が農具の鋤を焼き鍋にして、納屋でこっそり食べたことから誕生した料理。今回は、北京ダックで知られる家鴨を鋤で焼きました。岩塩と醤油ダレ、二種類を用意してあります」

翔太が解説した鋤焼きこそ、玄から伝授された料理だった。

剣士は玄と一緒に農具の鋤を購入し、自分たちの手で柄を切り、屋台用の調理器具に改造したのである。

「なるほどー、江戸庶民の知恵から生まれたのが、この鋤焼きなわけですね。さすが創作江戸料理の料理人、素晴らしいアイデアです。では、タレのほうをいただきますね」

「はーい、タレですね。さ、どうぞ」

盛りつけ担当の静香から容器を受け取った蝶子が、シナを作りながら司会者に家鴨の鋤焼きを手渡す。

「美人芸者さんのサービスでいただく江戸料理。演出も凝ってますねえ。では失礼して」

串を持った司会者が、肉汁したたるモモ肉をガブリと頬張った。

「うわー、ウマい！　皮がパリパリで中はしっとりジューシー。北京ダックと鴨肉を合わせたような味わいです。大きなつみれも最高ですね」

「家鴨というのは、真鴨を食肉用に改良したものです。だから鴨の風味がするんですよ。つみれには胸肉やレバー、砕いた軟骨も入れてあります。余すところなく食材を使い切るのが江戸時代のルール。当時の人々も、こうやって野鳥を食べていたのかもしれません。隠れて食べる禁断の味です」

よく響く低音ボイスで翔太が語ると、あちこちから女性客が集まってきた。

珍しい鋤から漂う焼き音と匂いに釣られて、男性客も列を作る。

「さあさあ、皆様。北京ダックでお馴染みの家鴨を、農具の鋤で焼いたお料理です。とっても珍しい江戸時代のお料理でございますよー」

芸者姿の蝶子が客に声をかけると、物珍しさもあって大半が足を止める。

剣士がざっと見たところ、つきみ茶屋の屋台が一番盛り上がっているように感じたのだが……。

突如、隣のお江戸屋の屋台から大歓声が響いてきた。

「なな、なんと！　お江戸屋・海堂さんの助っ人として、大変ビッグな方が駆けつけたようです！　皆さん、あわてて押さないでください。料理はたくさんありますよ——！」

司会者の絶叫がこだまする。

保が用意したのは、角界《かっかい》を賑《にぎ》わせている若手大関・喜代泉《きよいずみ》の好物だという〝スタミナ塩ちゃんこ〟だった。葉物や茸《きのこ》などの野菜、紅鮭・鱈《たら》・トラフグなどの魚、油揚げや豆腐。さらに、鶏肉・豚肉も入った贅沢すぎる鍋料理が、大鍋の中でグツグツ音を立てている。

しかも、髷《まげ》に着流し姿の喜代泉本人が、屋台の前に立っていた。

スタッフが容器によそった塩ちゃんこは、喜代泉の手で人々に渡されていたのだ。大関目当てで押し寄せる群衆を、付き人らしき男性や番組スタッフたちが制御している。なんと、黒内武弘の部下である黒服の巨漢までもが、喜代泉の近くで両手を広げていた。

「人気大関自らが、お客さんにサービスしています。海堂さん、一体どういうことなんですか？」

興奮気味に司会者が尋ねる。

「これは、うちが七月からメニューに加える〝スタミナ塩ちゃんこ〟なのですが、喜代泉さんに監修していただいたんです。ですので、今回もわざわざ応援に駆けつけてくださいました」

「お江戸屋さんにはお世話になってます。我が八重子《やえこ》部屋のスタミナ塩ちゃんこは、僕を強くしてくれる美味しい健康食。皆さんにもぜひ食べていただきたいっす」

喜代泉の生声で、再び周囲から歓声が沸《わ》く。

信じられないことに、つきみ茶屋を含む他の屋台から人波が消えた。

その場にいる全員が、大関目当てでお江戸屋へと移動したのだ。

「大変なことになってきました！　こちらには人気力士、お隣には芸者さん。まさに江戸情緒あふれまくりの対決でございます。そんな中ですが、塩ちゃんこの味見をさせていただきますね。お仕事ですので」

「どうぞどうぞ」と、喜代泉が大きな手で容器を司会者に渡す。

「こ、これは光栄です！　実はワタシも大関の大ファンでして。では、ありがたくいただきます。――ウマい！　おいしい！　素晴らしいっ！」

感極まる司会者。「ごっつぁんです」とおどけてみせる喜代泉。

何度目かの大歓声の中、人々はむさぼるように塩ちゃんこを求めていた。

「……まずいぞ。オレたちが圧倒的に不利だ」

ピンマイクを外してもらった翔太が、苦虫を噛み潰したような表情をした。

「集まった人たち全員が、大関目当てで塩ちゃんこを食べる。当然、腹は満たされてしまう。次に行くとしたら、スイーツとしても食べられる藪庵の蕎麦がきだ。もしくは、甘いクレープに見える焼き丸のもんじゃクレープ。ボリュームのあるオレたちの料理は、きっとスルーされてしまう」

翔太の言葉通りだった。

開始から三十分も経たないのに、鋤焼き屋台の前からは行列がなくなり、ポツポツと人が来る程度になっている。

簡易テーブルと椅子を置いた飲食スペースでは、大半の人が塩ちゃんこを美味しそうに食べていた。

藪庵のスタッフは、「デザートにスイーツ蕎麦がきはいかがですか？　小豆餡ときな粉をご用意しています。蕎麦粉の甘味はカロリー控えめですよ！」と、往来の客にスイーツとして蕎麦がきをアピールしている。

一方の焼き丸も、「こちら、ふんわり軽いクレープです。デザート感覚で食べられますよ！　ちゃんこの締めはクレープで決まり！」など、お江戸屋の塩ちゃんこを食べた人々を必死で呼び寄せようとしていた。

焼き丸に行った若い男性客が、「これ、持ち帰ることはできますか？　電車に乗るんで匂いが漏れないようにしてほしいんですけど」と尋ねている。

「すみません、この状態でしかお渡しできないんです」

申し訳なさそうに、店長の大久保が頭を下げる。

番組収録での屋台なので、番組スタッフは飲食スペースで食べてもらうことしか考えていなかった。容器も最低限のものしか用意されていない。

焼き丸はクレープを紙で包むだけ。藪庵も使い捨ての蓋なし容器に割り箸を添えて渡すのみ。お江戸屋の塩ちゃんこの容器にも蓋はない。むろん、つきみ茶屋も同様だ。蓋もなければ容器を入れるビニール袋も皆無だった。

「なんだ、家に持ち帰れないならいいや。もうちゃんこで腹いっぱいだし」

男性客は、余ったチケットを番組スタッフに返している。

相変わらず、保と大関の屋台にだけ、人垣ができていた。

「このままだと負けてしまう。どうしたらいいのか……」

珍しく翔太が弱腰になっている。

剣士はようやく、第一試合開始前に保が残した余裕の笑みの理由を理解していた。あれは、大関・喜代泉を呼んでいたからだったのだ。

「こっちにも対抗手段があればいいんだけど、かなりの難題だよね」

我ながら声に力が入らない。

「……あの、ちょっとアイデアがあるんですけど」

おずおずと静香が言い出した。

「なに？　つきみ茶屋の軍師さん。どんなアイデア？」

食い気味に入ってきたのは蝶子だ。

「ソースを作ってかけたらどうかなって思ったんです。たとえば、マスタードがベースの黄色いソース、葉野菜のペーストを使ったグリーンソースとか。四色くらいあったらSNS映えしそうだし、味の変化も楽しめますよね？」

「なるほど。それはいいかもしれない」

すぐさま剣士は賛同した。

静香は準備の段階で、色みも大事だと主張していた。それを尊重すればよかったと後悔の念がよぎる。

「ソースか……」と、翔太は考え込んでしまった。

「唐突に意見しちゃってすみません。もし翔太さんさえよければ、材料や器具はわたしが買ってきますけど」

控えめだが意思は強そうな態度で、静香は翔太を見上げている。

「いや、買い物を頼む暇はないな。間に合わない」

きっぱりと翔太が言い切り、「ですよね……」と静香がうなだれる。

「だから、オレが行く」

「え？　翔太が？」

「翔太さん？」

「翔ちゃん、いきなりなに言ってんのよ」

目を見張る三人の前で、翔太が和帽子を脱いだ。

「剣士、少しだけ調理を任せる。静香と蝶子は剣士を手伝ってやってくれ。すぐ戻るから」

和帽子を剣士に渡し、ふわりと髪をなびかせながら、翔太は走り去っていった。

「おっと、つきみ茶屋の風間さんが屋台から離れてしまいました。一体どうしたのでしょう？」

司会者が好奇心たっぷりに話しかけてきたので、「ちょっと忘れ物を取りに」と答えておいた。

一体、どこに何をしに行ったんだ？

疑問だらけのまま、剣士は女性陣と自分自身に向かって明るく声をかけた。

「よし、翔太が戻るまで三人で頑張ろう」

大関・喜代泉のせいで行列ができないまま、剣士はポツポツと訪れる客のために鋤焼きを作り、蝶子と静香は呼び込みと接客に勤《いそ》しんだ。

そんな中、翔太がリュックを背負って帰ってきた。

「お待たせ。やっぱり客は塩ちゃんこに群がってるな」

「翔太、どこ行ってたんだよ？」

「店に戻ったんだよ。厨房にあったもので作ってきた。四色ソースだ」

翔太は、リュックの中から業務用の大きなソース入れを四本取り出した。

それぞれに、赤紫、白、黄、緑の鮮やかなソースが詰まっている。

「赤紫は、梅肉を酒で煮たソース。白いのは、山芋のとろろに出汁とワサビを入れたソース。黄色いのは、グリエールチーズを酒でのばしたソース。それから緑は、そら豆のピューレを出汁で温めて、片栗粉でとろみをつけたソースだ。即興で作ったけど、どれも家鴨に合うと思う」

「ステキです！　鋤焼きにかけたら華やかで映えますね」

静香がうれしそうに手を叩く。

「静香のアイデアがヒントになった。ありがとな」

「お役に立てたならうれしいです。効果があるといいんだけど……」

その場の全員が、異常に賑わう保の屋台に目をやる。

「ってゆーかさ、お江戸屋ってあくまでも卑怯な手を使うよね。まさか人気力士を呼ぶなんてねえ。屋台で何を出したって、人が集まるに決まってるじゃない」

おそらく出場者の誰もが思ったことを、蝶子がはっきり口にする。

「仕方がない。こっちも芸者の蝶子を入れたんだからな。お江戸屋は無視して客を呼び込むぞ」

翔太は塩味の鋤焼きの一本に、お好み焼きのマヨネーズのように細く梅ソースをかけた。もう一本にはチーズのソースをかける。醬油ダレの二本にも、とろろソースとそら豆のソースをかけていく。

「皆様！　四色のソースをご用意しました。こんがり焼いた家鴨にマッチするお味。自由に選んでいただけます。見た目も麗しくて美味しい、家鴨の鋤焼きでございますよー！」

四色ソースの料理が載った容器を手に、蝶子が声を張り上げた。

「ここでしか食べられない江戸時代のお料理です！　北京ダックよりも美味しい家鴨の鋤焼き。ソースで味の変化も味わってください！」

静香も、蝶子に並んで呼び込みを始めた。

「ねえ、あれ本物の鋤で焼いてるよ。ちょっと面白いし、ソースの色がキレイ。インスタ映えしそうじゃない？」

「ウマそうだな。食ってくか」

早速、男女のカップルが立ち寄ってくれた。

「いらっしゃいませ。お味は塩か醤油ダレ。ソースは梅、チーズ、とろろ、そら豆の四つからお選びください」

蝶子が愛想よく微笑む。

「俺は塩味にチーズと、醤油ダレにとろろかな」

「じゃあ、あたしは塩に梅。あ、もう一本もらう。醤油にそら豆。並べて写真撮ったら映えそう」

「塩味にチーズ、梅。醤油ダレにとろろ、そら豆、合計四本ですね」

静香に確認され、カップルが同時に頷く。

「ねえ、お母さん。あたしコレ食べる。チーズかけたい」

「はいはい。塩でいい？」

「ううん、醤油がいい」

十歳くらいの少女が、母親を引っ張ってきてくれた。

「ありがとうございます！」

四人全員で礼を述べる。

「お母さん、芸者のお姉さんと写真撮りたい」

鋤焼きの串を手にした少女が、蝶子を見上げている。

「だめ。お姉さんはお仕事中なのよ」

「いいですよ。ぜひ撮ってくださいな」

にこやかに微笑んだ蝶子が、少女の肩に手を置く。

「すみません。じゃあ、一枚だけ」

スマホを構えた母親が、うれしそうな少女と蝶子をフレームに収める。

「バイバイ」と去っていった少女が遠くで家鴨を頬張り、「美味しい!」と声を上げた。

何よりもうれしい言葉だと、剣士は改めて思う。打倒・お江戸屋で燃えていた心を、少女の「美味しい」が落ち着かせてくれた。

たとえ番組内での対決だとしても、僕らが向き合う相手はライバル店じゃない。料理を味わってくれる人々だ。その大切なことを一番理解していたのは、味の変化と彩りを考えていた、静香ちゃんだったのかもしれない。

笑顔を絶やさずに接客する静香が、とても頼もしく、とても眩しく見えた。

四色ソースの秘策が功を奏し、つきみ茶屋の屋台も再び列ができるようになってきた。しかし、お江戸屋の大関パワーには到底及ばない。

それでも必死で努力することしか、剣士たちにはできずにいた。

第一試合の開始から一時間半が経った頃、隣で異変が起きた。

絶好調だったお江戸屋の屋台で、保が必死に叫んでいる。

「大関、ちょっと待ってください！　もう少しだけお願いします！」

「約束の時間になっちゃったんで。申し訳ないっす」

どうやら大関・喜代泉は、一時間半だけ手伝うという取り決めがあったようだった。

「そんじゃあ、僕は帰りますね。このあと雑誌の取材があるんで。お疲れっすー」

喜代泉が笑顔で手を振りながら、人垣をかき分けて去っていく。付き人たちや黒服の巨漢が大あわてで後ろに続く。

大関がいなくなった途端、お江戸屋の屋台前からは、蜘蛛《くも》の子を散らすように誰もいなくなってしまった。

「おお、なんという番狂わせ！　お江戸屋を手伝っていた大関が、タイムアップで帰ってしまいました。まさかの事態です！　お客さんたちはお江戸屋さんから別の屋台に移動しております。チケットを一番集めた屋台が第一試合の勝者。これまで圧倒的にリードしていた海堂さんですが、ここに来て勝敗が見えなくなってきました」

司会者がここぞとばかりにハプニングを盛り上げる。

「藪庵の田辺さんと焼き丸の大久保さんは、それぞれデザート感覚でも食べられる料理だと猛アピール！　そしてつきみ茶屋の風間さんは、四色のソースという飛び道具を用意するという、天晴な作戦を決行しております。さあ、残り時間は三十分。お江戸屋の強力なサポーターがいなくなって、この先どのような結果になるのでしょうか？　目が離せません！」

耳に響く司会者の声を受け流し、翔太が冷静に言った。

「よし、チャンス到来だ。あと三十分で挽回《ばんかい》するぞ」

具材を素早く焼き上げる翔太を中心に、剣士たちは鍬焼きをさばきまくる。

終了まであと十分になったとき、馴染みの顔が列に並んだ。

「翔太、剣士くん。和樹《かずき》と一緒に来たよ！」

小さく手を振ったのは、翔太の姉・水穂だ。その横で息子の和樹も手を振っている。一般客に交じって来てくれたのだ。さらに、和樹の後ろには学校の同級生たちが、ずらりと並んでいた。

「翔太兄ちゃん、友だちも来てくれたよー」

当時、小学二年生にしては大人びた言動で、クラスで浮いた存在だった和樹。今では、つきみ茶屋で開いた和樹の誕生日会がきっかけで、たくさんの仲間ができていた。

「わたしたち、二枚のチケット全部ここで使うからね」

「姉さん、和樹、ありがとな！」

調理の手を止めずに翔太が礼を述べる。

頼もしい水穂の応援が、思いがけずサクラのような効果をもたらし、鋤焼き屋台の前には長い列ができていた。

これで勝てるかもしれない！

剣士たちは終了時間ぎりぎりまで、猛烈なラストスパートをかけたのだった。

◆

「第一試合、終了――！　結果発表でーす」

撮影用のメイクを直し終えた司会者が、並んで立った四名の料理人の横でがなり立てた。

「神楽坂・料理人対決。屋台でのチケット数で勝ち上がったのは、こちらの二名です。まずは、途中でアクシデントはあったものの、ぶっちぎりでトップを飾りました。お江戸屋の海堂保さん！」

周囲から拍手が沸き、保が照れ笑いをしている。

そりゃそうだよな、現役の大関が応援に来たんだから。

モヤつく剣士は文句を言いそうになったのだが、司会者の次の言葉でモヤが吹き飛んだ。

「そして、二番目にチケットを集めたのは、つきみ茶屋の風間翔太さんです。決勝進出、おめでとうございます！」

拍手に包まれた翔太が、拳を高くつき上げている。

「うわ、やった！」

「やりましたね！」

「静香ちゃんのお陰だよ」

カメラの後ろにいた剣士は、思わず隣の静香と抱き合ってしまった。

「……あっ、ごめん！」

「いえ、こちらこそ」

急いで離れた静香が、頰を染めている。

「あらら、おふたりさん。いつの間にか接近してたのね。いいじゃなーい。あたし応援しちゃう」

蝶子が横目で微笑んでいる。

「そ、そんなんじゃないですって。ねえ、剣士さん？」

「そうそう、つい勢いで。蝶子さんもこっちに来てくださいよ」

「いいから。あたし、野暮なことしたくないの。むしろ離れとくから」

「もー、蝶子さんってば、からかわないでくださいよ」

照れたように蝶子の肩を叩く静香。剣士も自分の頰のほてりが決勝進出のうれしさなのか照れなのか、よくわからずにいた。

「いやいや、とてつもない激戦でした！　藪庵の田辺三郎さんと焼き丸の大久保渚さんも終盤で追い上げたのですが、つきみ茶屋の四色ソース作戦には一歩及びませんでした。残念ながらここでお別れです。皆さま、神楽坂の名店でご活躍されるおふたりに、盛大な拍手をお願いします」

ギャラリーから歓声が沸き、田辺と大久保が頭を下げる。

放送された暁《あかつき》には、どの店舗にも客が押し寄せるだろう。

「さて、このあとはいよいよ頂上決戦！　同じ創作江戸料理の海堂保さんと風間翔太さんが、ガチで対決します。お楽しみに！」

司会者が言い終えると、番組のＡＤ（アシスタント・ディレクター）たちが屋台の撤収に入り、撮影クルーは次の撮影場所に移動を始めた。

「翔ちゃん、やったね！　次も頑張って！」

走り寄った蝶子が、「おう、ありがとな」と笑う翔太にハグをしている。

その様子を微笑ましく見ていたら、お江戸屋の海堂保が近寄ってきた。

「剣士坊ちゃん」

「坊ちゃんはやめてくださいよ」

「ああ、すみません。剣士さん、決勝戦もよろしくお願いします」

「いやー、屋台はいろいろ大変でした。次は料理だけで戦いたいですね」

そう言った途端、保の身体が固まった。

「あら、お江戸屋の海堂さん。大関の客寄せパンダで一位になって、本当にうれしいのかしら？」

蝶子もチクリと嫌味をかまし、保が黙り込む。

「あの演出が保さんのせいじゃないのはわかってますから。次も頑張りましょうね。って、調理するのはうちの翔太ですけど」

本心でフォローしたつもりだった。

悪いのは雇われている保ではない。どこまでも狡猾《こうかつ》で卑劣な黒内屋の幹部、おそらく黒内武弘だ。

「次はお題のテーマが出て調理するんですよね。海堂さん、よろしくお願いします」

翔太は大人の態度で話しかける。

「こちらこそ。先ほどはお騒がせして申し訳ありませんでした」

猫背気味の保が、背中を丸めてお辞儀をする。

しかし、そのあとすぐに背筋をぐっと伸ばし、「だけど言っておきます」と意外なほど厳しい目つきをした。

「私だってプロの料理人です。風間さんよりもキャリアがあるし、お江戸屋の看板も背負ってるんです。スタジオの料理対決で、どっちの腕が確かなのか証明してみせますから」

くるっと背を向け、足早に立ち去る保。剣士は呆気《あっけ》にとられた。

「保さん、いきなり急変したな」

「強気になったわね。あたしが客寄せパンダとか言っちゃったから、気に障ったのかな？」

小首を傾げた蝶子の肩に、翔太がそっと手を置く。

「蝶子のせいじゃないよ。あの人にだってプライドがあるんだろう。どれほどの腕前なのか、お手並み拝見だ」

「そうだね。翔ちゃん、あたし次も応援するからね」

甘えたような声になった蝶子が、翔太の腕に手を絡《から》ませる。

「僕も手伝えることはやる。翔太、なんでも言ってくれ」

「おう、お江戸屋にだけは負けたくないからな」

打倒・お江戸屋を掲げる翔太と、闘志に火がついたらしき保さんとの一騎打ち。一体どうなるのだろう？

剣士は期待と不安が入り混じった想いで、蝶子と談笑する翔太を見つめた。

「剣士さん」と、作務衣の袖を引かれた。静香が白くほっそりとした手で袖を摑んでいる。

「大丈夫です。きっと翔太さんが勝ちます」

力強い言葉とやさしい笑みを受け、不安感が急速に薄れていく。

「ありがとう、静香ちゃん」

頷いた剣士のすぐそばで、野球帽のディレクターが声を張り上げた。

「出演者の皆さん、お疲れ様でした！　最高の盛り上がりでしたよ。決勝戦に出る方々は、キッチンスタジオに移動していただきます。ロケバスで一緒に行きましょう」

ディレクターに誘われ、一同は歩行者天国の神楽坂を下っていった。

剣士は再び黒内武弘の姿を探したが、やはりどこにもいない。

それがなぜか、不気味に思えてならなかった。

第4章「頂上決戦の七夕料理」

ロケバスで次の収録現場に移動する中、剣士の隣に座った翔太がふいに「来た」と言った。

「どうやら玄が出たがっているようだ。強烈な睡魔を送ってきた」

「ええっ？このタイミングで？」

「仕方がない。あいつも自分の腕でお江戸屋を負かしたいんだろう。ここは玄に譲るしかない。それに、あいつはオレの師匠みたいなもんだから、任せても問題ないはずだ」

翔太は和帽子で前髪をきっちり隠している。白くなる髪を人目にさらさないようにしているのだ。

「……剣士、頼む。玄が暴走しないようにサポートしてくれ。いざとなったら、オレが玄に睡魔を送る、から……」

ガクリと落ちた翔太の頭を、素早く肩で支えた。

やばい……ここで玄さんにチェンジするなんて、マジでやばいぞ。カメラの前で暴れられたら大惨事だ。

ひとり焦りまくる剣士の目の前で、野球帽のディレクターがマイクを持って立ち上がった。

「お江戸屋とつきみ茶屋の皆様、改めまして決勝戦進出おめでとうございます。次の対戦はキッチンスタジオで料理を作っていただきます。肝心のお題ですが、放送日が七月初頭になりますので、七月七日の〝七夕〟にさせていただきました。海堂さんと風間さんは、七夕に相応《ふさわ》しい料理を考えておいてください。調理時間は一時間半。その時間内なら何品作ってもらっても構いません。タイムオーバーしたものは審査から外します」

肩に翔太の頭を乗せたまま、剣士は説明を聞いていた。

「食材は初夏が旬のものを筆頭に、調理器具、食器などいろいろとご用意できます。リスト化してありますので、移動中にスタジオで使うものに印をつけていただけると助かります。また、足りないものがあったら遠慮なくおっしゃってください。すぐにご用意します。あと、カメラの前で調理していただくのは料理人のおふたりだけです。サポートの方々は下準備だけ手伝っていただき、本番中は見学してください。よろしくお願いしまーす」

料理人ひとりだけ？　ってことは玄だけで調理するのか!?　カメラの前で？　あー、嫌な予感しかしない……。

「……ほほう、お題は〝七夕の節句〟かい。だったら〝さくべい〟だな」

いきなり起きて目を爛々とさせてるのは玄だ。

さくべい？　今さくべいって言ったのか？　なんだそれ？

と思ったが、ADがリストを持ってきたので、通路側にいた剣士が受け取った。

「玄さん、今の話聞いてたんですか？　あ、小声で話しましょう」

「おうさ。悪いけど翔太に代わってもらったよ。現場に着いたら俺ひとりで調理するんだろ。大丈夫、任せとけって。その紙が食材なんかの一覧だな。剣士、読み上げてくれるかい？」

「ああ、はい」

スタジオに着いたら、玄さんに番組収録のアレコレを説明しておかないとな。いざとなったら翔太は体調不良だからとか言って、サポートに入らせてもらおう。

頭の中で対策を練りながら、リストを読み上げる。

笹《ささ》の葉、素麺《そうめん》といった七夕行事には欠かせないものから、鰺、鮎、鰯《いわし》、甘鯛、鮑《あわび》、ウニ、車海老、昆布など、夏が旬とされる魚介類。キュウリ、トマト、オクラ、茄子《なす》、冬瓜《とうがん》、トウモロコシ、紫蘇、新ショウガ、生ワサビなどの夏野菜。小麦粉、米粉、葛粉《くずこ》、菜種油、胡麻油《ごまあぶら》。それに、塩、砂糖、酒、醤油、味噌といった調味料。

さらには、ハム、ソーセージの加工食品や、鶏・豚・牛などの肉類、白米に玄米に乾麺、卵、豆腐、納豆、白滝《しらたき》、海苔《のり》などなど、多種多彩な食材と、それを調理する器具や盛りつける器が写真付きでズラリと並んでいる。

「——あい承知した。今はなんでも大量にあっていいよなあ。足りないもんなんてねぇよ。むしろ余るくらいだ。今から使うもんを言うから、印をつけておくれ」

「七夕の料理、もう考えたんですか？」

「一時間半でやるんだろ。まあ、作れて五品くらいだよな」

「すごい、組み立てが早い。でも玄さん、対戦相手の保さんを威嚇《いかく》したりしないでくださいよ。彼はお江戸屋の単なる雇われ料理人なんだから。それから、会場に行ったら……」

「わかってるさ。何を見てもはしゃぎ回ったりしねぇよ。なるべくしゃべらねぇようにするしな。俺はすでに、現代語ってやつも把握してるんだぜ。翔太の振りするくらい楽勝さ」

「僕はすぐ近くにいます。何かあったら飛んできますから」

「おう。きっと黒内武弘の野郎も見てるんだろ？　目にものを見せてやる」

玄は両手を固く握り、ますます瞳をギラつかせた。

◆

「さあ、ついにやってまいりました。『チャンプTV』特別企画、神楽坂・料理人対決、頂上決戦！　神楽坂の屋台対決を制したふたりの料理人が、ここキッチンスタジオで激突。作っていただく料理のテーマはこちらです！」

蝶ネクタイの司会者が、広々としたスタジオの天井を指差す。

金色のくす玉が割れ、紙吹雪と共に「七夕」と書かれた巨大な垂れ幕が現れる。

「七夕！　織姫と彦星が一年で一度だけ出会えるロマンチックな日！　スタジオ内には笹の葉に色とりどりの短冊が飾られ、七夕ムードを盛り上げております。一時間半の制限内なら、七夕にちなんだ料理を何品仕上げていただいても構いません。それでは、料理人のご紹介です。まずは、黒内屋チェーンの新店舗『お江戸屋』神楽坂店の料理長・海堂保さん」

ピンスポットで照らされる中、割烹着姿の海堂が挨拶を述べる。

「ここまで来られて非常に光栄です。七夕と言えば、織姫と彦星、そして天の川ですね。お子様から大人の方まで楽しめる、七夕祭りに相応しい和食を作りたいと思います」

「お江戸屋を背負う海堂さんの和食、期待しておりますよ！　そして対戦者はこちら。神楽坂の老舗割烹『つきみ茶屋』の風間翔太さんです」

海堂の隣に立つ作務衣に和帽子の玄は、意外なくらい落ち着いているように見える。

「〝七夕の節句〟ってのは〝笹の節句〟とも呼ばれる、江戸幕府が祝い日と決めた五節句のひとつ。〝七草の節句〟〝桃の節句〟、〝菖蒲《しょうぶ》の節句〟、〝菊の節句〟と並ぶ季節行事でございやす。当時の人々は野菜や果物を供え、願い事を書いた短冊を笹竹に吊して星に祈りやした。なんで今回は、その頃の七夕にちなんだ江戸料理を作りたいと思いやす」

「おっと、いきなり江戸っ子風。先ほどの屋台対決のときとは雰囲気が違います。まだお若いのに酸いも甘いも知り尽くしたような佇まいの風間さん、どんな江戸料理を作ってくれるのか実に楽しみです！」

挨拶を終えた玄が目くばせを寄こしたので、剣士は笑顔で右の親指を突き立てた。すでに玄は調理の下準備を済ませ、カメラリハーサルも終えている。何を話すのかも剣士と打ち合わせてあった。

「翔ちゃん、江戸っ子モードになったのね。頼もしいわー」

「ですね。急にオーラが変わりました」

一緒に見学している蝶子と静香も、翔太の変化を感じ取っている。

「あれは現代人の翔太じゃない、翔太に憑依した江戸時代の料理人・玄さんなんだ！」と、この場の全員に暴露してしまいたい気持ちを、どうにか押さえ込む。

「それでは、審査員の方々をご紹介します。皆様ご存じ、飲食界のご意見番！　金田《かねだ》料理学校の金田茂雄《しげお》校長です」

「どうも。七夕がテーマの献立、期待しております」

笑っていても目だけは鋭く感じる和装の金田校長が、審査員席で会釈《えしやく》をする。彼は全国展開する有名料理学校の三代目校長。料理番組ではお馴染《なじ》みの初老男性だ。

「お隣は、美しすぎる料理研究家・叶《かのう》ミチヨ先生です」

「はーい、叶ミチヨでございます。おふたりとも気迫がすごいですね。早くお料理をいただきたいです」

涼やかな浴衣姿で微笑む、年齢不詳のグラマラスな女性。最近、自身のグラビア満載のレシピ集を大ヒットさせた叶ミチヨは、すでにマルチタレントと呼んでもいい存在である。

「そして、人気グルメブロガーのタッキーこと滝原聡《たきはらさとし》さんです」

丸メガネで小柄な三十代男が、紺の浴衣姿で審査員席に座っている。

「着慣れない衣装で落ち着かないのですが、よろしくお願いします」

グルメ本のベストセラーを何冊も持つタッキーは、つきみ茶屋に頻繁に訪れる常連客。蝶子が勤める料亭の顧客でもあった。

「――まさかタッキーさんとここで会うなんて意外でしたね。蝶子さんは知ってたんですか？」

「それがね静香ちゃん、あたしもビックリなのよ。たっちゃんってば水臭いわー。審査員になるなら言ってくれればいいのに」

「ホントですよ。僕もリハーサルで会ったときは驚いたなあ。タッキーさん、完璧に他人の振りしてたから。まあ、つきみ茶屋の常連だってバレないほうが、審査員的にはやりやすいんでしょうけど」

ここそこと話す剣士たちをタッキーがチラ見し、メガネの位置を指で直しながら小さく笑みを浮かべた。

「でも、たっちゃんなら公平に審査してくれるはずだよね。あー、ドキドキする。見てるだけって心臓に悪いわー」

蝶子が着物の胸元を押さえている。

まったくその通りだ、と剣士も思う。

屋台を手伝っているときは作業に集中していたので、ここまで緊張しなかった。増してや、ステージに立っているのは翔太ではなく玄なのだ。生放送ではないので、失態が起きても編集できることだけが救いである。

「それでは、神楽坂・料理人対決、頂上決戦のスタートです！」

司会者のコールで、玄と保が一瞬だけ睨み合い、それぞれのキッチンスペースへ向かった。

「さあ、こちらはつきみ茶屋の風間さんです。先ほどお米を研いで、土鍋の水に浸しました。今は大きな甘鯛の鱗《うろこ》をマッハで処理してます」

カメラ機材を抱えたカメラマンを従え、司会者が作業をリポートしている。司会者のそばにはイヤホンマイクをつけたＡＤが数名おり、スケッチブックにペンで文字を書いては司会者に見せている。いわゆるカンペというヤツだ。ＡＤに指示を出しているのは、スタジオを鋭く見渡している野球帽のディレクターだろう。

屋台対決のときから、司会者のタレントはカメラマンやＡＤと共に、出演者たちの周囲を忙しく動き回っていた。

「こちらの甘鯛は、アカアマダイと呼ばれる品種。秋が産卵期であるため、夏場に一番脂《あぶら》が乗るとされている高級魚でございます。風間さん、この甘鯛を捌いて何を作るんですか？」

「………………」

玄は無言だ。リアクションなどする気はないらしい。一心不乱に大きな甘鯛を捌いている。さすがの包丁使いだ。毎日欠かさず包丁の練習をしている剣士の目標も、あのように魚を丸ごと捌けるようになることだった。

「――集中されてますねー。お返事はいただけないようですが、このまま三枚おろしにするみたいですね。どんな江戸料理に仕上げてくれるのでしょうか？　大鍋の中からは出汁のいい香りがしております。キッチンテーブルの上には、車海老、蔓紫《つるむらさき》、オクラ、木綿豆腐、小麦粉、それから、乾燥素麵などの食材がスタンバってますよ。では、お隣に行ってみましょう」

司会者が移動しているあいだに、蝶子が「翔ちゃんの包丁捌き、ステキだわ……」とつぶやく。

「つきみ茶屋の調理がじっくり見られるなんて、最高の番組ね！」と、先ほどから無邪気にはしゃいでいる蝶子だが、剣士には楽しんで見る余裕など一ミリもない。このまま玄が寡黙に調理してくれることを祈るのみだ。

「さてさて、お江戸屋のキッチンでは、海堂さんが鮎に串を刺して塩を打っています。夏の代名詞である鮎。今回ご用意したのは、むっちりと肉のついた天然鮎。海堂さん、これは……？」

「はい、ご覧の通り炭火で塩焼きにします」

「鮎の塩焼き！　今の季節にピッタリですね。ワタシの大好物でございますよ。海堂さんのキッチンテーブルにも、様々な食材が用意されています。イガ付きの馬糞《ばふん》ウニ、キュウリ。トウモロコシや茄子もありますね。おっとっと、先ほどの風間さんのキッチンにあったのと同じ食材がありますよ！　ピチピチの車海老、それから乾燥素麺もあります。七夕といえば欠かせないのが素麺ですよね。それぞれがどのように素麺を調理するのか、実に楽しみですねえ」

モニターを見てればわかるのに、わざわざ大げさに解説しなきゃいけないなんて、番組司会者って大変だなあ。

　などと剣士が考えていると、玄のキッチンから「バンバン」と音がしてきた。あわてて司会者が音のほうへ移動する。

「こ、これは！　風間さんが皮を剝《む》いた車海老の身を、ふたつの包丁で叩いていま す。海老しんじょにでもするのでしょうか？　刺身でもイケる食材が、まな板の上で叩かれてねっとりとしてきました。シンクのボウルの中には小口切りにしたオクラが入っております。果たして何に使うのか気になります。――おお、お江戸屋の海堂さんは、キュウリのカツラ剝きを始めましたよ！」

　再びお江戸屋のキッチンを覗きに行く司会者。

　この調子でずっとやるつもりなのか？　まるで自らが選手について回るスポーツ中継のようだ。屋台対決のときは気づかなかったけど、司会って本当に大変な仕事なんだな。

　感心しながら調理の様子を見学する。

　保も玄もさすがプロ。包丁捌きから調理の段取りの仕方まで、無駄なくスムーズに進めている。その過程を司会者の解説と共に眺めているだけでも、良質なドキュメンタリー番組を観ているような面白さがあった。

ＡＤをはじめとする制作陣や技術スタッフの動きも興味深く、誰もが自身の役割に責任を持ち、熱意を注いでいるのがよくわかる。

玄も無駄にしゃべることもなく作業に没頭しているので、意外と滞りなく進行しそうな気がしていたのだが……。

スタートから一時間が経とうとした頃、ふいに剣士の視界を見覚えのある男の背が横切った。

スーツのジャケットをワイシャツの腕にかけ、長い足でスタジオの出入り口へ歩いていく。外の廊下に出ていくようだ。

――あの男、黒内武弘に似てるぞ！

「剣士さん、どうかしました？」

静香に話しかけられ、「知り合いがいた。すぐ戻ってくる」とだけ答えて出入り口に向かった。

◆

二重になった扉を開け、スタジオから廊下に出た。左奥の休憩所から男たちの話し声が聞こえてくる。

剣士は足音を立てないように、声のほうへと歩み寄った。

「いやー、お陰で盛り上がりました。さすが黒内屋さん。大関を呼んでくださるなんてさすがですねえ」

「そんな、大したことじゃないです。こちらこそ、タイアップメニューを番組で発表させてもらえて、大変助かりました」

武弘の声だ。やはり本人だった！

剣士は自動販売機の陰に隠れて、会話を聞こうとした。

「喜代泉の八重子部屋と、お江戸屋さんがタイアップする〝スタミナ塩ちゃんこ〟。きっと人気になるでしょうね。私も食べにいきますよ。打ち上げでも使わせてもらいます」

「ありがとうございます。ところで東原《ひがしはら》プロデューサー、審査員の皆さんにはちゃんと渡していただけましたか？」

「ああ、贈り物の件ですね。私共にまでいただき恐縮です」

「あれはただの菓子折りじゃないんですよ。中を見てくださったならわかると思いますけど」

なんだって？　贈り物？　つまり賄賂《わいろ》ってことか？　武弘はカネの力で優勝を得ようとしている！　できれば録音したいけど、スマホは置いてきてしまった。やらせの証拠になるかもしれないのに――。

心中で地団太《じだんだ》を踏む剣士。だが、話は意外な方向に流れていった。

「その件ですけど、今はコンプライアンスが厳しくて。内部告発でもされたら大変なんですよ。申し訳ないんですが、お返しさせてください」

「……つまり、審査員には渡していない、ということですか？」

「ええ。御社にお返しするように手配しました。お気遣いいただき、ありがとうございます。でも、海堂さんは黒内専務が見込んだ料理人なんですよね？　根回しなんてなくても優勝できるんじゃないですか？　それに、審査員の金田校長は黒内屋の社長さんと懇意にされている。審査でも高得点をつけてくれる気がしますけど？」

「……そう、ですか。贈り物の件は非常に残念です」

「そんな、これからもよろしくお願いしますよ。またゴルフ、ご一緒しましょう。お仕事の話は抜きで」

東原という名のプロデューサーが、こちらに歩いてきた。剣士は自販機のさらに奥へと身を隠す。

「黒内専務、決勝戦をご覧にならないんですか？」

剣士から見える位置で、東原が振り返った。長めの髪に色つきメガネ。ポロシャツにチノパン。いかにも軽そうな業界人風の男性だが、今の話を聞く限り誠実な人のようだ。

「控え室のモニターで観ますよ。もし海堂が負けたら、番組のスポンサードの件、考え直させてもらいます。では、失礼」

カツカツと革靴の音を立てて、武弘が東原を通り越していく。眉間《みけん》に入った深い皺《しわ》が、不快感を明確に表している。

ふーっ、と大きく息を吐いてから、東原もスタジオ出入り口のほうへ歩いていった。

剣士も自販機の奥から出て、安堵のため息をつく。

武弘のやつ、賄賂で保さんを優勝させようとしてたのか。しかも、スポンサーになるという餌《えさ》もちらつかせて。驚きはしないけど、それは真剣にやろうとしてる料理人に対する冒瀆《ぼうとく》だ。東原が阻止してくれてよかった。

ホッとしつつも、身体の奥底からどす黒い塊がこみ上げる。

審査員の金田校長は、黒内屋の社長である武弘の父親と仲がいいらしい。贔屓でもされたらこっちは断然不利になる……。

黒内武弘が憎い。資本力やコネで攻撃されたら、つきみ茶屋に勝ち目などなくなってしまう。早く目の前から消えてほしい。これほど誰かを憎いと感じたのは、生まれて初めてかもしれない。

——我ながら戸惑うほどの強い衝動を、剣士はどうにもできずに持て余していた。

スタジオに戻ると、蝶子と静香があわてた様子で剣士を手招きした。

「剣士くん、翔ちゃんが大変なのよ!」

「もうすぐタイムアップなのに、作った素麺料理を落としちゃったんです」

「えぇっ?」

ふたりに言われて玄に視線を定める。

彼は再び乾燥素麺を茹でていた。その足元で、ADたちが床に散らばったものを大急ぎで片づけている。「それ、もったいないから捨てないでおくれ。持って帰るから」と、玄がADに頼んでいる。

「なんでそんなことになったんだ?」

「司会者が翔ちゃんの鍋を覗いてリポートしようとしたの。それを翔ちゃんが『邪魔だ！』って言い出しちゃって。司会者から離れようとしたんだけど、足を滑らせて鍋をひっくり返しちゃったのよ」

「翔太さん、あとは盛りつけるだけだったのに……」

蝶子も静香も呼吸が乱れている。相当なショックを受けたのだろう。

自分が席を外しているあいだに、なんてことだ……。

愕然《がくぜん》とした剣士の耳を、司会者の声がつんざく。

「まさかの展開です！　風間さんが落とした料理を作り直しております。残り時間はあと五分。オーバーしたものは審査の対象外となってしまいます！　ワタシも若干責任を感じておりますが、リポートはお仕事なのでご了承くださいませ。風間さん、どうか頑張ってください！」

玄はすごい勢いで野菜を刻み、茹でた素麺をザルに上げている。

「お江戸屋の海堂さんはすでに、すべての料理を盛りつけています。つきみ茶屋の風間さん、あと一品は間に合うのでしょうか？　しかも作り直しているのは、七夕に必須の素麺料理です！」

しきりに司会者がハプニングを盛り上げる。

作業を終えた保が、ねめつけるように玄を見つめている。

そんな中、玄は水切りしてあった木綿豆腐をぐしゃっと手で崩し、温めてあった大鍋の中に投入した。ジュワーッと音を鳴らしながら、強火で水分を飛ばしている。

「残り時間三分を切りました！　風間さん、急いでくださいっ」

「まあまあ、焦らせなさんなって」

余裕綽《しゃく》々《しゃく》の表情やつぶやきとは相反するように、玄は凄《すさ》まじい速さで調理を続けている。

剣士は瞬きをすることも忘れ、ひたすら玄の手元を凝視していた。

「――残り十五秒！　間もなくタイムアップです！」

司会者も額に汗を浮かべている。

「さあ、カウントダウンに入ります。十、九、八、七……」

もう、間に合わないかもしれない……。

耐えられずに瞼《まぶた》を閉じてしまった剣士だが、ほどなく会場にどよめきが響き渡った。思い切って目を開ける。

玄が三つの平皿に鍋の中身を盛りつけている。それぞれの皿から、香ばしい匂いが混じった湯気がもうもうと立ち上っている。

ちなみに、玄の他の料理はすでに仕上がっていたようだった。

ゴーン、とドラのような音がし、「終了――！」と司会者が叫んだ。

「風間さんがジャストで盛りつけを終えました！　まさに奇跡のような挽回です！」

その途端、蝶子と静香が飛び上がった。

「翔ちゃん、間に合ったわ！」

「すごいです！　さすがです！」

「よかった……」

安堵で脱力しかけた剣士だが、これで終わりではないと自分を戒《いまし》める。

肝心なのは味だ。作り直した素麺料理が、審査員にどう評価されるのかが問題なのだ。

「はいOKです！　海堂さん、風間さん、お疲れ様でした。次、審査に移りまーす」

野球帽のディレクターの声で、番組スタッフたちが準備をし始めた。

◆

「『チャンプTV』特別企画〝神楽坂・料理人対決〟頂上決戦。ついに七夕がテーマの料理が完成しました！　お江戸屋の海堂保さん、つきみ茶屋の風間翔太さん。果たして、戦いを制するのはどちらの料理人なのか？　三人の審査員の皆様に試食をしてもらい、十点満点で採点していただきます。合計点の高いほうが優勝の栄冠を勝ち取ります」

散々リポートしまくったのに、疲れなど微塵も見せない司会者が、ステージの中央に立っている。右横に立つのは対戦中の料理人たち。左横のテーブルに三人の審査員が座り、目の前に料理が並ぶ瞬間を待ち受けている。

「では、お江戸屋・海堂さんの料理から試食していただきましょう。海堂さん、お願いします」

「こちらこそ、よろしくお願いいたします」

その場で一礼をした保の前に、ADが三つの大きな盆が載ったワゴンを運んできた。ワゴンから保が盆を取り、審査員たちの前に置いていく。

「こちらが海堂さんの七夕料理ですね。彩りが華やかで食欲をそそりますねえ。海堂さん、ひと品ずつ説明をお願いします」

「はい。ご家族で楽しめる五品のお料理を作らせていただきました。〝トウモロコシの擦《す》り流し入り冷製茶碗蒸し〟〝鮎の炭火焼き大葉酢添え〟〝揚げ茄子の生ウニ巻き〟〝特製七夕素麺〟。そして甘味の〝笹団子〟です。どうぞ、召し上がってくださいませ」

　ガラスの器に入った冷製茶碗蒸しには、コーンの擦り流しがたっぷり載っている。香ばしく焼かれた鮎は笹の葉を敷き詰めた皿に盛られ、小皿に入った緑色の大葉酢と共に清涼感を醸し出す。薄くスライスした揚げ茄子は丸く形どられ、中に黄金色のウニが溢れんばかりに詰められている。

　そして、メインだと思われる素麺は、ガラスの平皿に盛られたぶっかけ風。中央に敷かれたカツラ剝きのキュウリで波打つ天の川を表し、左右に茹でた車海老をあしらって華やかさを演出。さらに、星型にくり抜かれた薄焼き卵とハムをちりばめ、星々を表現してある。

　笹団子はありきたりに見えるが、笹の葉自体が七夕風なので、テーマをきっちり踏襲した甘味と言えるだろう。

「ふむ、鮎の焼き加減が素晴らしい。添えた大葉酢がすっきりとして、鮎の豊かな香りを引き立てていますね」

　金田校長が口火を切った。

「ありがとうございます。鮎は炭火でじっくりと焼き上げてあります。大葉酢は、擦った大葉と米酢を煮立てて、冷めてからさらに擦り込みました」

「手が込んでいるんですね。この大葉酢は夏らしくてすごくいいです。一般的な蓼酢《たでず》より好き。冷製茶碗蒸しもトウモロコシのひんやりとした甘さが夏っぽくて、するっといただけちゃいます」

叶ミチヨも料理を褒め称える。

そうだ。保さんは父さんの弟子だった人。料理人としての腕は確かなんだ。本来なら、ファミレスと違わないお江戸屋で、作り置きの料理を温めているような人ではないはずなのだ。——玄さん、保さんに勝てるのか？

急に不安が押し寄せ、心臓に痛みのような刺激が走った。

審査員席では、タッキーが揚げ茄子の生ウニ巻きを味わっている。

「揚げ茄子と新鮮なウニ。この組み合わせは意外なハーモニーを生み出してますね。紫と黄色の見た目も食欲をそそるし、ワサビ醤油がよく合う。いいアイデアだと思います」

「夏野菜の茄子をスライスして素揚《すあ》げにしまして、冷めてから殻から出したての馬糞ウニを巻きました。揚げ茄子と生ウニのトロリとした食感を組み合わせた一品でございます」

うれしそうに保が解説をする。

「これは高評価が期待できそうですね。皆様、七夕素麺はいかがでしょう？」

司会者に勧められ、三人は素麺に手をつけた。

「まず、見た目の楽しさがいい。キュウリで作った天の川、薄焼き卵とハムの星。左右の車海老は織姫と彦星に見立てているのかな？」

金田校長の問いかけを、「さようでございます」と保が受ける。

「出汁の利いたかけつゆはやや甘めで、お子さんもよろこびそうだね。トウモロコシの擦り流し茶碗蒸しもお子さんが好きそうだ。まさに、家族で楽しめる七夕料理に仕上がっていますね」

満足そうに微笑む金田校長。それが本心なのか、贔屓で言っているのか、まったくわからない。

「アタクシも校長と同じです。見て楽しい、食べて美味しい七夕料理。バランスもすごくいいと思います」

「金田校長と叶先生は絶賛しております。タッキーさんはどうですか？」

「んー」と、しばらく考えてから、彼は口を開いた。

「カツラ剝きの技術や装飾のセンスは悪くないけど、素麺の味自体はごく普通ですね。笹団子も雰囲気は七夕にマッチしてるけど、中身は平凡な小豆餡入りの団子だし、取り立てて言うことはないです」

クールに言い切ったタッキーを、保が食い入るように見つめている。

「ときには辛口なのもタッキーさんの魅力。でも、全体的には今回のテーマにピッタリな料理なんですよね？」

フォローに入った司会者に、「それはそうです」とタッキーが即答した。

「鮎の焼き加減や塩加減もいいし、大葉酢には独創性も感じます。冷製茶碗蒸しも美味しかった。ご家族で囲む七夕のご馳走ですね。お江戸屋さんの献立に相応しいのではないでしょうか」

お江戸屋さんの献立、と言われたとき、保の口元が少しだけ歪んだ。

ファミレスのメニューと同意語なので、料理人としてのプライドが傷ついたのかもしれない。

「それでは、海堂さんの採点をお願いします。お手元のフリップで得点を上げてください」

しばらく迷った審査員たちが、一斉に数字のフリップを上げた。

「金田校長、九点。叶先生、八点。タッキーさん、七点。合計二十四点。海堂さん、なかなかの高得点ですよ！」

「ありがとうございます」

ゆっくりとお辞儀をして、保は盆の料理を片し始めた。

「続いては、つきみ茶屋の料理人・風間さんの料理です」

軽く頷いた玄の前に、ワゴンが運ばれてきた。

そこから玄が盆を取り、審査員たちの前に置いたのだが、土鍋だけはワゴンの上に残されている。

玄さん、頼む！　江戸時代に培った料理の英知で、どうか審査員を唸《うな》らせてくれ！

剣士は祈るように両手を合わせ、ステージを凝視した。

蝶ネクタイの司会者が、盆に並んだ料理に目を見開く。

「これは、海堂さんとは対照的な料理ですね。素麺の使い方がまったく違う。風間さん、説明していただけますか？」

和帽子で前髪を隠した玄が、おもむろに話し出す。

「これらはすべて、江戸時代に食べていた料理でござぃやす。七夕の節句は、公的に定められた祝い日。祝いで出す魚といえば鯛。今回は大きめの甘鯛を存分に使いやした。まずは〝甘鯛の海苔酢和え〟。それから、土鍋で炊いた〝鯛飯〟。この場でよそわせていただきやす」

ワゴンの土鍋を開けると、甘鯛の頭と半身が載った鯛飯が姿を現した。玄はしゃもじで素早く鯛の身をほぐして飯と混ぜ、茶碗によそって審査員たちの盆に置く。

「まあ、いい香り。美味しそう！」と叶ミチヨが感嘆する。

湯気の立つオコゲ交じりの鯛飯は、玄が得意とする土鍋で炊き上げた飯物だ。その横のガラス器には、数切れの刺身と海苔とがミルフィーユ状に重なった、甘鯛の海苔酢和えが盛られている。

さらに、苺のように赤く丸い練り物に、小口切りにしたオクラをちりばめた椀物。素麺と豆腐と青菜の炒《いた》め物。そして、ねじりドーナツのような揚げ菓子が、笹の葉を敷いた皿に載せてある。

「この汁物は〝いちご汁〟と言いやす。叩いた車海老に葛粉を入れた団子に、澄まし汁をかけたもの。赤は目出度《めでた》い色だし、小口切りの野菜が星の形に見えるから、七夕に持ってこいだと思いやした。それから、こっちは茹でた素麺を崩した木綿豆腐や蔓紫と炒めた料理で……」

「おやおや、とんでもない料理が出てきましたねえ」

説明を続けようとした玄を、金田校長のせせら笑いが遮った。

「江戸の素麺料理だって言うから期待したんですよ。でも、落として作り直したのがこれですか。まさか、ソーメンチャンプルーを作るとはねえ。こりゃあ江戸じゃなくて沖縄料理じゃないですか」

確かに、素麺を炒めた料理といえばソーメンチャンプルーだ。

「そーめんちゃんぷ？」

玄が不思議そうに首を傾げる。チャンプルーという言葉を初めて聞いたのだろう。

「まあ、いいでしょう。チャンプルーも立派な素麺料理だ。ギリギリまで失敗を取り戻そうとした努力は認めますよ。ただね、江戸時代に食べていた料理とは、とても思えないけどねえ」

あざけるように再び笑う金田校長。隣の叶ミチヨも釣られ笑いを片手で隠している。

剣士には、金田校長がお江戸屋を勝利させるために、わざと玄の料理を貶《おとし》めようとしているとしか思えない。

まだ料理の説明中なのに邪魔するなんて、失礼じゃないか！

吠えてしまいたくなった剣士の耳に、タッキーのあっけらかんとした声が飛び込んできた。

「おやおや、金田校長。ご存じないんですか？」

「ん？」と怯《ひる》んだ校長に、タッキーが畳みかける。

「これはソーメンチャンプルーじゃないですよ。江戸時代に人気を博した豆腐料理集『豆腐百珍《とうふひやくちん》』に掲載された、豆腐と素麺の料理です。校長もご存じでしょうけど、素麺ってのはうどんや蕎麦よりも早く日本で普及した麺。江戸時代の人はつゆでも食べてたけど、油で炒めて食べる人もいたんですよ」

「その通りだ」と玄が追随する。

「つゆで食べるのに飽きたら炒めて食べる。特に、木綿豆腐と素麺の組み合わせは乙なもんだったんだ。青菜を入れて彩りもよくしてな。これは豆腐百珍七十四番目の料理、〝豆腐麪《めん》〟だ」

　胸を張る玄を、金田校長が悔しそうに睨む。

「と、豆腐麪くらい私だって知ってるさ。チャンプルーと似すぎてるから、ちょっと間違えただけですよ」

「そうかい。まあ、いいってことよ。人間、誰だって間違いはするからな。俺だって間違いだらけだよ」

　屈託のない玄の笑顔には、周囲を和ませるパワーがある。

金田校長は小さく咳払いをしたあと、カメラに向かってはっきりと言った。

「失礼、ソーメンチャンプルーは私のミスです。番組スタッフさん、編集でカットしてください」

「了解でございます、金田校長。ワタシもてっきり沖縄料理かと思いました。でも、これだって立派な江戸料理なわけですね。いやはや驚きです。ところで風間さん、この細縄のようにねじったお菓子も江戸時代のものなんですか？」

如才《じょさい》なく進行させた司会者の問いに、玄は小さく首を振った。

「いや、もっと昔からある菓子だ。小麦粉と米粉を練って、細長くねじってから油で揚げて砂糖をかける。昔は七夕に欠かせない食べ物だったんだ。〝索餅《さくべい》〟って呼ぶけど、〝索麺《さくめん》〟とも言う」

「それ、聞いたことがある！」

タッキーが興奮気味に叫んだ。

「この〝さくめん〟が〝そうめん〟って呼び方に変わったって説もあるんだ。つまり素麺の元祖。奈良時代に中国から日本に伝わった、伝統的な七夕料理だよ！　ここで食べられるなんてラッキーだなあ」

破顔したタッキーが、「そろそろ試食していい？」と司会者に尋ねる。

「もちろんでございます。つきみ茶屋の風間さんが作った日本古来の七夕料理、召し上がってください」

審査員たちが試食を始める。

真っ先に感想を述べたのもタッキーだった。

「豆腐麺は胡麻油で炒めて、醬油で味つけしてるんだね。あんな短時間で作ったのに、今でも十分通用する美味しさだ。それから、甘鯛の海苔酢和え。刺身と海苔を甘めの酢と生ワサビで和えてある。これは酒のつまみに持ってこいだね」

「江戸じゃあ、酢は欠かせない調味料だったんだよ。何しろ保存が利かないから。海苔との相性も完璧なはずだ」

先ほどから玄は、すっかりタメロになっているのだが、それを不自然だと思う者はすでにいないだろう。

「ねえ、いちご汁もスゴイですよ。車海老のすり身を葛だけで繫いだ海老団子。食べるとコクのある甘さと風味が広がるの。つぶつぶとした食感もいいし、本当の苺のような見た目と、星に見立てたオクラもセンスがいいわ。出汁をたっぷり使った澄まし汁も美味しい」

「いちご汁は『料理珍味集《りょうりちんみしゅう》』って献立本に載った逸品だ。丸まった海老は昔から縁起物ってされてるだろ。〝腰が曲がる頃まで長寿〟ってな。海老団子を苺に見立てた目出度い汁物なんだ」

美しい叶ミチヨに褒められて、玄がまなじりを下げている。

「ふうむ。この鯛飯はなかなかだね。土鍋で炊いた米と甘鯛の出汁が見事に調和している。オコゲが旨いな」

なんと、難癖をつけようとしていた金田校長までが、玄の料理を褒め出した。

「鯛飯は半分まで食ったら待っておくんな」

玄がキッチンに戻り、保温してあった急須と小皿を持ってきた。

「これを鯛飯にかけて食べてほしいんだよ」

金田校長の茶碗に急須の出汁をかけ、その上に小皿の何かを振りかけた。

「ほう、鯛茶漬けか。いい香りだ」

さらさらと茶碗をすすった校長は一瞬だけ箸を止め、そのまま一気に食べてしまった。

「……参った。これは旨い」

「だろう？　甘鯛の骨で取った出汁と、鱗を揚げたもんを入れたんだ。食材は可能な限り全部使うのが、江戸前の料理なんだよ」

「ちょっと板さん、ボクのにも骨出汁と鱗チップかけてよ！」

「アタクシも！」

タッキーと叶ミチヨも茶碗を差し出す。

「あいよ！」

うれしそうに玄が出汁を注ぎ、鱗チップをかける。

「うわー、ウマい！　鯛の出汁が濃くて最高だ」

「鱗も美味しい。甘鯛は松笠《まつかさ》焼きで鱗も食べますもんね。香ばしくてパリパリしてるから、お茶漬けに入れるアラレのような感じですね」

タッキーたちもさくっと食べ終えてしまった。

「皆さん完食です。甘鯛尽くしの鯛茶漬け。ワタシも食べたいっ！　では、最後に古来からの七夕伝統菓子、索餅で締めてください」

司会者に言われて審査員たちが索餅を食べる。

「外はサックリ、中はふんわり。素朴な美味しさだ」

タッキーがコメントし、他のふたりも頷く。

「これは和風ドーナツだな。子どもの頃を思い出す郷愁の味です」

金田校長はすっかり柔和な表情になっている。

「昔は素麺じゃなくて、これを食べて七夕を祝ってたんですね。初めて知りました。アタクシもまだまだ勉強しないといけませんね。ここでいただけて幸せです」

叶ミチヨがカメラ目線でにっこりと笑った。

「それでは審査員の皆様、風間翔太さんの点数をお願いします！」

司会者が声を張り上げる。

三人は考え込んだあと、数字のフリップを選び始めた。

玄と保が、食い入るように審査員の手元を見ている。

「神楽坂・料理人対決。これで勝者が決定します。さあ、勝つのはお江戸屋の海堂保さんなのか？　それとも、つきみ茶屋の風間翔太さんか？　審査員の皆様、点数をどうぞ！」

頼む、お願いだ！　玄さん渾身の江戸料理を、ちゃんと評価してくれ！

祈る剣士の横で、静香と蝶子も両手を組んで目を閉じている。

審査員たちが、ゆっくりと数字のフリップを上げた。

「さあ、点数が出揃いました！」

司会者が今日一番の雄叫びを発した。

「金田校長は八点。叶先生は九点。そしてなんと、タッキーさんは十点満点！　二十七点です！　海堂さんは二十四点。というわけで、勝者はつきみ茶屋の風間翔太さん。おめでとうございます！」

スタジオ内から拍手が沸く。保も笑みを浮かべて手を叩いている。

「ありがとうござぃやす」

玄がゆっくりとお辞儀をする。

「やった！　剣士さん、翔太さんがやりましたよ！」

「翔ちゃん、さすがだわ。お見事な江戸料理よ！　ね、剣士くん！」

胸が一杯で声が出せない。

歓喜する静香と蝶子の声を、何度も頷くことで受け止める。

「それでは、金田校長から優勝トロフィーと賞金の贈呈です」

校長から玄に、立派な金色のトロフィーと賞金の熨斗袋《のしぶくろ》が手渡される。それを片手で抱えた玄は、照れくさそうに校長と握手を交わした。

翔太、やったよ！　玄さんがやってくれた！　うちの献立を盗んだお江戸屋に勝った。勝てたんだよ！

剣士は心の中で、何度も翔太に呼びかけていた。

『『チャンプTV』特別企画〝神楽坂・料理人対決〟。勝負を制したのはつきみ茶屋の風間翔太さんでした！　審査員の皆さま、総評をお願いします。まずは金田校長からどうぞ」

「海堂くんが現代の正統派なら、風間くんは古風な異端児。どちらも素晴らしい七夕料理を作ってくれました。得点は好みの問題です。神楽坂には伝統を守る腕利きの料理人がいる。その事実に感動しました」

「確かに、両者とも凄腕でしたよね。では、叶先生」

「はい。海堂さんのご家族で食べられる七夕料理も素晴らしかったんですけど、風間さんの独創性と知識に感服してしまいました。お若いのに江戸時代の味を再現してくださって、勉強になりましたし楽しかったです。つきみ茶屋、一度お邪魔してみたいですね」

「その際はぜひ、ワタシもご一緒したいです。最後にタッキーさん、お願いします」

「えーとですね、ボクが料理に求めるのは驚きです。いくら美味しくても、そこにハッとする何かがないと面白みがない。その点で、海堂さんよりも風間さんのほうが勝ってました。特に、素材を使い切った鯛茶漬けのウマさは突き抜けてましたね。アクシデントで作り直した素麺料理が、豆腐百珍の豆腐麪だったことも面白いサプライズでした。今後も風間さんの江戸料理に期待したいです」

「そうですね。本当に今回は、予想不可能な名勝負でした。では、最後に風間さんからひと言お願いします！　——風間さん？」

「……ああ、はい」

思いがけない栄誉にボーッとしていたような玄は、ワンテンポ遅れて一歩前に踏み出し、ひと言ひと言を嚙みしめるように話し始めた。

「——あの、俺は料理を作ることくらいしか取り柄がありやせん。美味しいって言われるのが何より好きで、食べてよろこぶ人の顔を見てるのが楽しくて。だから、俺にはもったいないくらいの幸せをくれる店主の月見剣士に、心から感謝しておりやす。本当は、俺がつきみ茶屋にいてもいいもんか迷う日もあるんだけど……。だけど、これからもずっと、できるだけ長く、多くの人に江戸の味を伝えたい。先祖から代々受け継がれた店の暖簾を、何があっても守り抜きたい。それが、俺の七夕の願い事でございやす。剣士、今日は俺をここに出してくれてありがとな！」

拍手で包まれた玄が、真っすぐに剣士を見ている。

玄さん、いいよ。僕のことなんて言わなくていい。勝負を制したのは玄さんだ。この現場の歓声は、玄さんひとりのものなんだから。

ただただ、そう言ってやりたかった。

「風間さんの店主さんへの想い、胸を打たれます。つきみ茶屋の月見剣士さん、会場にいらっしゃったらお越しください！」

いきなり司会者に呼ばれたので、スタジオから逃げたくなった。

「剣士さん、行ってきてください！」

「ほらほら、翔ちゃんが呼んでるよ」

静香と蝶子に背を押され、仕方がなくステージへと向かう。

カメラの前に立って話すなんて、どう考えても自分の柄ではない。

な、何を話せばいいんだ！

司会者に手招きされ、剣士は玄の隣に立った。

「急にお越しいただきすみません。店主さんもまだお若いことに驚きです。月見さんからもひと言お願いします」

マイクを渡されて、緊張感がピークに達した。

広大なキッチンスタジオ。何台ものカメラや照明。番組スタッフや関係者の視線を一身に集め、頭の中が真っ白になってしまう。

「あ、あの、今回はこのような機会をいただきまして、誠にありがとうございます。神楽坂の飲食店を代表し、御礼申し上げます。私から言うのもどうかと思いますが、うちの料理人は最高です。料理の腕も店舗経営への情熱も、いまだに感心することばかりです。彼が僕を導いてくれたから、今のつきみ茶屋があることは間違いありません。これからも一緒に、大事な暖簾を守っていきます。本当にありがとうございました」

自分が何をしゃべったのかよくわからないのだが、とりあえず隣の玄と一緒に腰を折った。

「つきみ茶屋の若き店主・月見剣士さん、料理人の風間翔太さん、本当におめでとうございます！　それでは、次回の放送でまたお目にかかりましょう」

手を振り続ける司会者に釣られて、剣士も手を振ってしまった。

「——はい、ＯＫです！　皆さん、お疲れ様でしたー」

野球帽のディレクターのひと声で、朝から波乱万丈だった番組収録が、ようやく幕を閉じたのだった。

◆

「翔ちゃん、本当におめでとう！　剣士くんも頑張った！　あたし、最後の挨拶で泣けてきちゃったよ」

蝶子が翔太、ではなく玄の腕に手を置く。

「蝶子、ありがとな。静香もだ。今日はみんなのお陰でお江戸屋に勝てたよ。豆腐麪を落としたときは駄目かと思ったけど、どうにか間に合った。俺はもう、感無量だよ……」

しみじみと玄が言う。

「つきみ茶屋の真価を見せつけた感じですよね。わたしもすっごくうれしいです。お店に戻ったら打ち上げしましょうよ。みんなで乾杯したいです」

「いいわね静香ちゃん。とりあえずビールで乾杯したいわよね」

「蝶子さん。その乾杯、ボクも混ざっていい？」

後方からタッキーの声がした。四人が一斉に振り返ると、浴衣姿の彼がにやけ顔で立っていた。

「たっちゃん！　もちろんよ。一緒に打ち上げましょ」

「タッキーさん、翔太さんに十点満点を入れてくれてありがとうございます」

蝶子と静香がタッキーに駆け寄る。

「本当にタッキーさんのお陰です。豆腐百珍の件とか、フォローしてくださって助かりました」

「あれは痛快だったなぁ。江戸の料理に詳しい人が審査員になってくれてよかった。恩にきやす」

すかさず剣士と玄も礼を述べる。

「板さんの料理、マジでよかった。ボクは公平に評価しただけだよ。だけど、つきみ茶屋の打ち上げには参加したい。ねえ、屋台で出してた家鴨の串焼きって、食べられたりしないかな？　鋤で焼かなくてもいいからさ」

「今日の残りでよければ作れますよ。つまみに用意しましょうか」

「いいな剣士。俺も家鴨で一杯やりたいよ。今夜はみんなで祝い酒だ！」

玄の明るい声で、その場の全員が沸き立ちだす。

「僕と翔太はスタッフさんとまだ打ち合わせがあるから、タッキーさんと蝶子さんは先に戻っててもらえますか。静香ちゃん、タクシー券をもらったから、悪いけどおふたりを連れてってもらえるかな」

剣士は、テレビ局名入りのタクシー券を静香に手渡した。

微《かす》かに指先が触れ合い、そこから温かいものがじんわりと流れ込んでくる。

「了解です。先にお酒とおつまみの準備して待ってますね」

やさしく微笑んだ静香の先導で、蝶子とタッキーが去っていく。

はー、どうにか無事に終わった。玄さんも頑張ってくれた……。

剣士は思わず、その場にしゃがみこんでしまった。

「どうした剣士、お疲れなのかい？　俺のほうがずっと動いてんだぜ。だらしねぇなあ」

「そうですよね。玄さん、本当にすごいです……」

バイタリティもメンタルの強さも、この男には到底敵《かな》わない。

「風間さん、剣士さん。優勝おめでとうございます」

気づけば、海堂保がすぐそばに立っていた。急いで剣士も立ち上がる。

「保さん、わざわざありがとうございます」

「完敗です。お見事でした。うちは屋台に大関を呼んだりしましたけど、そちらは最後まで味やサービスで勝負しようとした。風間さん、お若いのに素晴らしい腕をお持ちなんですね。料理人の誇りってやつを見た気がしましたよ」

保と玄が穏やかに向かい合う。

「そっちの七夕料理もかなりのもんだった。家族でよろこんで食べてほしいって気持ちが、一品一品にこもってたんだろうな」

「風間さんにそう言っていただけるとうれしいです。純粋に料理と向き合えたのは久しぶりでした。とても楽しかったです」

「俺も楽しかったよ、海堂さん。こう言っちゃあなんだけど、お江戸屋なんかにはもったいねぇくらいの腕前だった」

玄に言われて、保は表情を引き締めた。

「……実はですね。私、お江戸屋をお暇《いとま》しようかと思ってるんです」

ええ？　と剣士は声を上げてしまった。

「もしかして、うちが決勝で勝ってしまったからですか？」

「剣士さん、そうじゃないです。私は、安定を求めて黒内屋に再就職しました。だけど、ファミレスのキッチンで料理人としての人生を終わらせたくない。今日の対決で、はっきり気づきましたよ。次は小さくてもいいから、ちゃんとした料理がやれる店で仕事がしたいです」

「保さん……」

剣士はもちろん、玄も何も言えずにいる。

「とは言っても、七月の新メニュー〝スタミナ塩ちゃんこ〟を軌道に乗せるまでは、辞職できないと思います。あれは私が責任者なので。秋頃になったら新たな道を探しますよ。では、失礼しますね」

晴れ晴れとした表情で、保は一礼をした。

「――保さん、ちょっと待ってください」

「はい？」

剣士は瞬時に思考を巡らせてから、こう告げた。

「保さんが本当にお江戸屋を辞めるなら、次の店を紹介できるかもしれません。だから、連絡先を交換させてください。辞職の意思が固まったら連絡してもらえませんか？」

「剣士さん……。敵になってしまった私になんとおやさしいお言葉。ありがとうございます」

スマホで連絡先を交換し合いながら、剣士はフルスピードで考えていた。

この人の腕は確かだ。今日の対決が放送されたら、名刺代わりにもなるだろう。紫陽花亭の水穂さんにでも頼めば、どこかの店を紹介してもらえる気がする。それに、保さんは黒内武弘の部下。武弘から白金の盃を取り返すときに、協力してもらえるかもしれない。

思惑を隠していることを申し訳なく思いながら、保に大事な質問をした。

「ところで、保さんにお聞きしたかったことがあるんです」

「なんでございましょう?」

「うちには代々、三つの盃が伝わっていたんです。金の盃、青銅の盃、白金の盃。保さんも、金の盃のことは父から聞いてますよね?」

「ああ、拝見したこともありますよ。使用禁止とされた盃ですよね。金だけじゃなかったんですか?」

「そうなんです。最近になって三つがセットだったことがわかったんですけど、白金、つまりプラチナの盃だけが行方不明なんです。金の盃と形は同じなんですけどね」

「行方不明?」

「ええ。もしかしたらなんですけど、手違いでそちらの黒内専務の元にあるかもしれなくて。白金の盃も使用禁止とされてるので、ずっと心配してるんです。保さん、お店や会社で見かけたことなんてないですよね？」

一か八かの問いかけだった。

今は武弘に繋がることなら、どんな情報でもほしい。

「……ちょっと心当たりはないです。でも、本当に専務の手元にあるのなら、返却してもらうのは至難の業かもしれませんよね。剣士さんたちがお江戸屋に来てくださったとき、あの人は高圧的な態度を取ってましたから」

「そんなこともありましたね。お恥ずかしいところを見られてしまって……」

武弘に剣士と玄が裏口から追い出されるのを、保は間近で見ていた。

あのときの驚いたような保の表情。思い出すと口の中に苦みが走る。

「正直言いますと、私は黒内専務が苦手なんです。目的のためには手段を選ばない、あの強引なやり方にはついていけない。だから、剣士さんに協力しますよ。もし白金の盃を見かけたら、すぐにお知らせします」

「保さん、ありがとうございます！　白金の盃がどこにあるのか、どうしても知りたいんです。よろしくお願いします」

「こちらこそ。今日は剣士さんと会えて、本当によかったです」

清々しい笑顔を残して、保は去っていった。

◆

番組スタッフと放送内容について打ち合わせをしたあと、剣士は玄と共にスタジオの正面入り口を出た。入り口から門まで行って、大通りでタクシーを拾うつもりでいたのだが……。


「おい、ちょっと待て」

野太い声で呼び止められ、身がすくみそうになった。

振り返らなくてもわかる。相手は黒内武弘だ。

「この貧乏料理人が！　あんな八百長《やおちょう》試合しやがって、恥を知れ！」

はあ？　この男は何を言ってるんだ？　頭がおかしいんじゃないか？

茫然としながら後ろを見る。

長身の大男が、ワイシャツの腕にジャケットをかけ、威圧感たっぷりに剣士と玄を見下ろしている。

「あの滝原とかいう審査員、貴様の知り合いだろう。贔屓なんぞさせやがって、この卑怯者めが。儂《わし》は絶対に認めんぞ！」

口調のおかしい武弘。剣士は背筋がゾクリと冷たくなるのを感じていた。どうにも気味が悪いのに、足がすくんで動けない。

しかも驚いたことに、ワイシャツの袖をまくった彼の左腕には、龍の入れ墨が彫ってあった。

腕から手首までは〝紺色の鱗で覆われた身体〟がとぐろを巻き、〝ギョロ目で牙を剝いた赤い口の顔〟が手の甲にクッキリと彫られている。ところどころに星形の〝五芒星《ごぼうせい》〟が金色で入っているのも特徴的だ。

剣士がお江戸屋のオープン時に武弘と出くわしたときは、こんな入れ墨などなかったはずだった。

「とうとう出やがったな！　お前、あのときの武士野郎だ。やっぱり武弘に取りついてやがったんじゃねぇか！　その墨が証拠だ。俺に毒を飲ませた武士野郎の腕にも、気色わりい墨が入ってたわ。『戯《たわむ》れに入れた龍だけどな』って自慢してやがったよなあ。お前のお陰で俺は金の盃に封じられちまったんだよ！」

玄が和帽子を取り、白い前髪をさらけ出す。

おそらく、翔太が玄になると髪が白くなるのと同様に、武弘が武士になると入れ墨が現れるのだろう。

「その白髪。やはり儂の前で死に絶えた料理人だな。恐怖で貴様の髪が白くなったこと、今でも覚えているぞ。まさか今世で会うとはな。卑怯な手で料理勝負に勝ちやがって、まったく浅ましい奴だ」

爛々と瞳を光らせ、武士が玄を睨んでいる。

「卑怯な手を使おうとしたのはそっちだろう。玄さんは正々堂々と勝負したんだ。言いがかりはみっともないぞ！」

勇気を奮い立てて、剣士は叫んだ。

すると、武士が「ハッハッハッ」と高笑いをした。

「貴様、お雪とかいった女芸者の子孫だな。儂に口答えをするとは、相当な馬鹿者だ」

「剣士を馬鹿にするんじゃねぇ！　いつまでも偉ぶりやがって。武士のいる時代なんざ、とっくに終わってんだよ。馬鹿なのはお前だろうが！」

しばらく玄と睨み合ったあと、武士は禍々しく口を開いた。

「まあいい、優勝なんぞくれてやる。つきみが負けたら即座に潰してやるつもりだったが、別の手を考えるわ。玄とやらのせいで儂は贔屓にしてやったお雪に毒を盛られたのだ。そのせいで白金の盃に閉じ込められてしまった。貴様ものこのことこの世に蘇りやがったんだな。つきみ共々、徹底的に復讐してやるぞ」

「てめえが先に俺を殺したんだろ、この鬼畜野郎。逆恨みも大概にしろや。子孫の店は関係ねぇだろう！」

殺気立つ男たちを前に、剣士はなす術がなかった。

妙に落ち着いた武士の態度も、気味が悪くてたまらない。

「玄、貴様に教えてやろう。儂は水戸藩《みとはん》の家臣・黒内左馬之助《くろうちさまのすけ》。水戸徳川家の江戸上屋敷に常駐していた者だ」

水戸徳川家・江戸上屋敷は、現在の小石川後楽園《こいしかわこうらくえん》。翔太の実家である紫陽花亭は、小石川後楽園のすぐそばにある。神楽坂のつきみ茶屋からも、徒歩で行ける場所だ。

「あの頃は尊王攘夷《そんのうじょうい》の動きが始まりつつあった。幕府に反旗を翻す輩《やから》が増えていたのだ。儂はな、敵を刀で斬って血濡れるより、毒を盛ったほうが事が早く済むと考えた。そのために様々な草花で毒薬を作って、適当な動物や人間で効果を試していたのだよ。殿を守るために必要だったのだ。貴様は幕府の礎《いしずえ》となっただけ。恨むなら時代を恨むんだな」

「ふざけるな！　尊い命を道具にしたくせに、正当化するなんて最低だ！」

我慢できずに剣士は叫んでいた。

「玄さんはな、ただ自分の料理を食べてほしかっただけなんだ。あんたから美味しいって言葉をもらって、幸せになりたかっただけなんだよ！　それなのに毒を飲ませるなんて、なんて酷いことを……」

悔し涙が出そうになり、どうにか歯を食いしばった。

「ふうむ、ならば言わせてもらおうか。儂は幕府を守りたかった。だから毒の研究をしていたのだ。人に使う毒は人で試さねばならぬ。今の薬だって同じであろう。なのに、お雪から恨まれて毒を盛られ、志半ばで魂を封じられた。儂だって酷いことをされたとは思わぬか？」

——駄目だ。こいつには何を言っても響かない。根本から思考が違いすぎるんだ……。

黙り込んだ剣士を一瞥《いちべつ》し、左馬之助はさらに語る。

「ひとつ面白い話をしてやろう。儂の子孫は暗示にかかりやすい性質でな。入れ替わらずとも自由自在に操れるのだ。今や武弘は儂の傀儡《くぐつ》よ。存分に使わせてもらうぞ。玄、貴様とつきみを潰すまでだ。お雪の血を引く剣士とやらも、せいぜい覚悟しておけよ」

不気味な笑みを見せてから、武弘に憑依した左馬之助が去っていく。

「てめえなんぞに負けるもんかよ！　俺とお雪さんの子孫たちは、この俺が絶対に守ってみせるからなっ！」

遠ざかる左馬之助の背中に向かって、玄は憎々《にくにく》し気に叫んだ。

その声をかき消すように、周辺の木々が風で激しく揺れる。

——これはヤバいぞ。左馬之助をなんとかしないと、大変なことになる！

確信にも似た予感に、剣士は震えそうになっていた。

第5章　「迫りくる邪悪な気配」

七月に入ってすぐ、『チャンプTV』特別企画〝神楽坂・料理人対決〟が放送された。

番組の宣伝効果は凄まじく、放送の翌日から店は先々まで予約で埋まるようになった。番組を観てファンになったという翔太目当ての女性客や、剣士に会いに来たと言ってくれる人もいて、ひたすらありがたかった。番組で頂戴した黄金色の優勝トロフィーは、店の一角に誇らしげに飾ってある。

一緒に出場した藪庵と焼き丸も、以前より盛況になっているようだ。

もちろん、お江戸屋も。

黒内武弘に憑依した左馬之助は、あれから目立った動きをしていない。

ただ、店の前に奇妙なものが置かれるようになった。

木の枝や小石だ。

それだけなら、この辺に巣を作ろうとしている鳥が、材料を運ぶ途中で落としたのか？　くらいの想像で済むだろう。

だが、枝や石はいつも同じマークを形成していた。

星のような〝五芒星〟の形に並べられていたのだ。

調べたところ、五芒星には魔除けの効果があると同時に、呪いの力も発揮するという。憎い相手に災いをもたらす黒魔術で使用されるらしい。

つまり、この店を呪おうとする誰かの仕業かもしれないのだ。

監視カメラの録画映像をチェックしたこともあったが、五芒星を作っていった人物は、いつも黒い帽子を目深《まぶか》に被り、黒のマスクで顔を隠していた。顔バレを避けるために監視カメラのアングルを意識できる、この手の嫌がらせのプロだと思われる。

店の壁や塀への落書きと違って、枝や石を並べるだけなら建造物損壊などの罪には該当しない。その辺も悪賢く考慮した、五芒星による呪いなのかもしれなかった。

五芒星といえば、左馬之助の腕にも入れ墨として描かれていたマークだ。これが偶然だとはとても思えない。

最初は子供だましのいたずらだと一笑にふしていたのだが、昼夜問わず何度も繰り返されるうちに、剣士は執念じみたものを感じ始めた。もっと恐ろしい何かが今にも起きそうな気がして、怯《おび》えるようになってしまったのだ。

左馬之助によってつきみ茶屋が潰されて、玄が復讐されるかもしれない。自分だってただでは済まないはずだ……。などとネガティブな思考に囚《とら》われて、眠れない夜を過ごすこともある。

そんな中、古文書研究所に預けていた桐箱が、鑑定書と一緒に戻ってきた。箱に刻まれていたくずし文字を、詳細に調べてもらった結果だ。

剣士と翔太は、一階のカウンターに座って鑑定書の封を開けた。

中身を見たふたりは、頭を抱え込むことになってしまった。

「『三つの盃は、悪霊封印のために土御門家の陰陽師が呪術で作ったもの』。これはオレらの解釈でよかったわけだ。で、追加でわかった情報がこれだ。『悪霊を封じて復活を阻止したければ、正義の魂を他の盃に封じ、人柱とすればよい』」

「人柱……」

剣士は戦慄《せんりつ》した。

人柱とは、建物などの破壊を防止するために、人間を生き埋めにして神に捧げた古来の風習。想像しただけで身も凍るような、現代では考えられない生贄《いけにえ》の儀式だ。

「要は、真っ当な誰かの魂を別の盃に閉じ込めないと、悪霊は完全に封印されないってことなんだろう。……ったく、人柱だなんて穏やかじゃない内容だよな」

眉根を寄せた翔太が、鑑定書を握りしめる。

「もしかしたら、金の盃に入ってた玄さんと青銅に入ってたお雪さんが、正義の魂だったんじゃないかな。つまり人柱だ。それで、しばらくは白金に左馬之助の悪霊が封じられていた。だけど、玄さんもお雪さんも盃から出てしまった。本人たちは自覚してなかったけど、人柱がいなくなってしまったから、左馬之助が子孫を呼び寄せて復活した。そう考えると、今まで起きたことがしっくりくるんだよね」

剣士の声は昏かった。どうしても憂鬱《ゆううつ》な気分を晴らせない。

「だとしたら、左馬之助を完全封印するためには、白金の盃に左馬之助を封じると同時に、玄も金に封じる必要がある。青銅に入っていたお雪さんは成仏したから、人柱になれるのは玄しかいないことになるよな」

「そうだね」

「だけど、玄をまた金の盃に戻すなんて、剣士にはできないだろ？」

「できない。僕には無理だ」

ずっと誰かに料理を作って、美味しいと言う言葉を聞いていたい——。

ささやかな玄の願い。それを無理やり奪うなんて、もう考えたくもない。

「だけど、このままにしておくのも気味が悪すぎるんだよな。白金を武弘が盗んだのは確定だから、取り戻して左馬之助を封印できればいいんだけどなあ。完全封印じゃなくたっていい。悪霊から解放された武弘となら、話し合いの余地もありそうな気がするんだ。問題は、その方法が現時点ではないってことで……」

「ないわけじゃないよ。少なくとも盃は取り戻せるかもしれない」

「……どういう意味だ？」

翔太は怪訝《けげん》な表情で剣士を見つめた。

「お江戸屋の保さんから連絡があった。武弘は、白金の盃を専務室の神棚に飾ってるらしい。自分の机から見られる位置に神棚があるんだって。保さん、こっそり写真まで撮って送ってくれた。金の盃と同じ形だから、間違いないと思う」

「マジか！　さらっと言ってるけど、すごい情報じゃないか。それ、いつわかったんだ？　なんでオレに黙ってた？」

「『チャンプTV』が放送されてすぐ。桐箱が鑑定されたら言おうと思ってた。報告が遅くなってごめん。……最近さ、武弘や左馬之助について考えるのが苦痛なんだよね。五芒星の嫌がらせも彼らを思い出しちゃうし」

「剣士、精神的に疲れているんだな。左馬之助に直に脅されたんだから仕方ないけど、前より食欲も落ちてるし、ちょっと心配だ。眠れなくなって睡眠改善薬を使うようになったんだろ？」

「毎日じゃないよ。熟睡したいときだけ、たまにね」

「オレがどうにかしてやれたらいいのだけど……。無力でごめんな」

長い睫毛《まつげ》を伏せて、翔太がうなだれる。

「いや、翔太のせいじゃないから。いざとなったら、黒内屋の本社に潜り込んで、専務室から盃を奪い返すことだってできる。そのために協力してもらえるのが、花富士の礼子さんたちと保さんだ。礼子さんには、黒内屋に花を替えに行くとき同行させてほしいって頼む。保さんには、武弘が外出しないかスケジュールを確認してもらう。それがうまくハマれば、盃だけは手に入るよね」

「危険な気もするけど、理論上は可能だな」

「だけど、そのあとが難関なんだよ。まず、武弘の血液を入手する。それを混ぜた液体を白金の盃に入れて、左馬之助に飲ませる。武弘が飲んでも駄目だ。左馬之助でいるときに子孫の血液を飲ませないと、魂は封印されない。どうしたらそこまでできるのか、いくら考えても思いつかないんだ」

実際、眠れぬ夜に何度も考えていた。そのせいで睡眠時間が削られていったと言っても過言ではない。

「うーむ、確かに難しい問題だよな……」

目を伏せたまま、翔太が腕を組む。

栗色の髪が、窓から注ぐ陽光を受けて輝いている。

いつも頼りになる相棒。だけど、今回ばかりは翔太にもどうすることもできないだろう。

束の間の重苦しい沈黙を、突然の異臭がかき消した。

「煙草《たばこ》臭い。入り口から匂ってる！」

大急ぎで格子戸を開けた剣士は、「うわっ！」と叫んでしまった。なんと、戸の前の石畳みの上に、火のついた煙草が五本落ちている。

しかも、またもや五芒星の形に並んでいるのだ。

あわてて煙草を踏みつけ、火を消して吸殻を見る。

「また五芒星だ。今度は火のついた煙草。翔太、これってどういう意味だと思う？」

「わからない。考えられるのは、『単純に誰かが放火をしようとした』。あるいは、『五芒星を燃やすことで、より強い呪いを店にかけようとした』とかかな。オレは呪いなんて信じないけど」

「放火未遂だ！　警察にこの吸殻を持っていこう！」

「いや、対応してもらえるか疑問だな。この状況だけ見れば、煙草のポイ捨てをされただけだ。単なる嫌がらせでは警察は動かない」

「あー、腹が立つ！　こんなことするヤツ、ひとりしか思い浮かばないよ！」

「黒内武弘、もしくは左馬之助が誰かにやらせた、だろ？」

「それしか考えられない。もう我慢の限界だ。これ以上続くと頭がおかしくなるよ！」

「剣士、ちょっと落ち着こう」

素早く吸殻を片づけた翔太が、剣士の背を押してカウンターに座らせた。

「紅茶を淹《い》れる。グレープフルーツのフレーバードティーがいいかな」

ほどなく、茶葉から煮たてた香りのいい紅茶が目の前に置かれた。

柑橘《かんきつ》のほのかな香りが、荒れまくっていた心を静めてくれる。

「……ウマい。ありがとう」

「今はこんなことしかできないけどさ。剣士にはオレがついてるから。玄だっていざとなったら頼りになる。みんなでどうにかして解決していこう」

温かい言葉と飲み物を、ありがたくもらっておいた。

店主なのに不甲斐《ふがい》ないな、と自己嫌悪感も抱えながら。

二杯目のお茶に口をつけた頃、「さっきの話なんだけど」と、翔太が静かに口を開いた。

「うん？」

「剣士が言ってた、白金の盃を取り戻す計画。実行に移してみたらどうかな。協力者さえいれば、左馬之助に盃を使わせることもできるかもしれない」

「あいつに盃を使わせる？　どうやって？」

翔太が話そうとしたそのとき、格子戸を叩く音がした。

ビクリ、と剣士の身体が反応する。

「ごめんください。剣士さん、いますか？」と、聞き馴染みのある声がした。

「ビックリしたー。また嫌がらせかと思っちゃったよ」

かなり過敏になってるな、と思いながら戸を開ける。

剣士を訪ねてきた相手は、左隣の民家に住む老夫婦だった。

引っ越しの挨拶にやってきたらしい。

「急な話なんだけどね、うちの土地を譲ってほしいっていう会社があったんだよ。あんまり条件がよかったんで、すぐ受けちゃってね」

「うちの人とふたりで、静かな田舎に引っ込もうと思ってるの。剣士くん、長らくお世話になりました」

「……あの、どこの会社が土地を買い取ったんですか？」

胸騒ぎがした剣士の問いに、老夫婦の夫が即答した。

「黒内屋だよ。ほら、外堀通り沿いにお江戸屋って店を出した黒内屋。次は割烹をやるって言ってたかな。詳しくは知らないけど」

脳天を殴られたような衝撃だった。

黒内屋が隣に割烹を出す？　お江戸屋を高級化した店にして、つきみ茶屋の客を奪うつもりなんじゃないか？

動揺と絶望が押し寄せ、息が詰まりそうになる。

「剣士くん、うちが割烹になるなんて、悪いこと言っちゃったかな？」

「いいえ、大丈夫です。これから寂しくなりますね。お近くに来たときはうちの店に寄ってください。サービスしちゃいますから」

どうにか平静を保って、老夫婦を送り出した。

「――今の話、ガチなのか？」

カウンターの奥で話を聞いていた翔太も、顔が青ざめている。

「だと思う。黒内屋は、本気でうちを潰しにかかろうとしてるんだろうね。左馬之助は武弘を好きに動かせるらしいから」

きっと暗澹《あんたん》たる気分が、顔に表れているはずだ。

献立のパクリがなくなったと思ったら、五芒星の呪いが始まり、なんと次は、隣を地上げして割烹を出店するという。真綿でじわじわと締めつけるように、黒内屋の影がつきみ茶屋に忍び寄っている。左馬之助の腕にあったような龍が、鋭い牙を剥き出して店に襲いかかろうとしている……。

「剣士、うちらも行動しよう」

翔太が両肩に手をかけてきた。

「すぐに白金を取り戻す。それを左馬之助に使わせて封印する。左馬之助さえいなくなれば、武弘は大人しくなる。玄はそう言ったんだよな？」

「ずいぶん前にね。憑き物が落ちたようになるかもしれないって。あと、このままだと武弘の身体は完全に乗っ取られる。そうなる前に忠告したいとも言ってたよ」

「じゃあ、手遅れになる前になんとかしよう。オレと一緒に計画を練ってくれ。頼む！」

そう言った翔太の目には、強い光が点《とも》っていた。肩に置かれた彼の両手からも、強烈なエネルギーを感じる。不思議なことに、その力が剣士にも徐々に伝染してくる。このままやられっぱなしなんて嫌だ。ひっくり返してやる！

「わかった。やれることはあるはずだからね」

剣士も翔太を直視して、大きく頷いたのだった。

◆

翌日の早朝。剣士は花富士の礼子を訪ねていた。

「お願いします、一度だけでいいんです。黒内屋の本社に、僕も連れてってほしいんです。花を換えるときに同行させてください」

最初は戸惑っていた礼子だが、懇願する剣士を無下にはできずにいた。

「黒内屋の嫌がらせがエスカレートして、精神的にも参っちゃってて。警察に行ったって相手にしてもらえそうにないんです。どうしても、専務室に入って確かめたいことがあるんですよ。だけど正攻法では無理なんです。礼子さんとバイトの奥川さんに助けてほしい。ご迷惑になるようなことはしないので、どうかお願いします」

何度かわからないほど頭を下げた結果、礼子は「わかりました」と折れてくれた。

「次に黒内屋さんの本社に行くのは、来週火曜日の午前中。たぶん十時くらいになると思う。そのとき奥川くんと一緒に行ってください。黒内屋さんにはバイト見習いが同行するって伝えておくから」

「ありがとうございます。本当に助かります」

「いえ、うちだって献立のことで剣士くんに迷惑をかけたんだもの。このくらいの協力はしないとね。奥川くんにも言っておくから、火曜日の九時に来てくださいな。店の帽子とエプロンは用意しておきます」

「はい。よろしくお願いします」

……献立パクリ事件のとき、事を荒立てなくてよかった。

剣士は自分の判断が間違っていなかったことを、しみじみ実感していた。

花富士を出て、すぐにお江戸屋の保にメールを打った。

『お疲れさまです。来週火曜日の午前十時頃ですが、黒内専務のスケジュールがどうなっているのか、わかるようなら教えてもらえませんか。頼み事ばかりで恐縮ですが、よろしくお願いします』

保の転職先については、紫陽花亭の水穂に打診をしてあった。

タイミングがいいことに、水穂が懇意にしている九段下《くだんした》の割烹で、近々欠員が出るらしい。お江戸屋を退職するのなら水穂から紹介してもらうから、面接に行ってほしいと保にも伝えてある。彼はしきりに礼を述べ、来月には面接に行くと言っていた。きっとうまくいくだろう。

剣士が店に戻ってしばらくしてから、保から返信があった。

『確認しました。来週火曜日の午前十時は、本社で定例会議の予定らしいです。十時から十二時まで、役員会議室にいるみたいですよ』

『ありがとうございます！』と、早速お礼のメールを送る。

十時から十二時まで、別室で会議か。奥川さんと十時に花を替えに向かえば、なんとかなりそうだな。

「剣士、朝早くからどこ行ってたんだよ？」

厨房にいた玄が、カウンターに顔を出した。

「玄さんにも話しておきます。ちょっと隣に座ってください」

「おう。朝餉ができたから、食いながらでもいいかい？」

「いいですよ。運ぶの手伝います」

カウンターテーブルにふたり分の朝食を並べる。

今朝の献立は、しし唐辛子と茄子の煮びたし、出汁巻き卵、スルメイカの自家製塩辛、キュウリの糠《ぬか》漬《づ》け。それから、玄お得意の炊き立て土鍋ご飯に、自家製豆腐の味噌汁。

店で出している料理の残り物だが、玄の作る朝餉は天下一品だ。

いや、翔太が作る洋風の朝食もいい。たとえば、厚切りトーストと発酵バター、ふわふわオムレツの生ハムサラダ添え、季節野菜のポタージュスープ。

どちらも甲乙つけがたいので、双璧ということにしておこう。

黒内屋本社に潜入して白金の盃を奪い返すと決めてから、剣士は食欲を取り戻していた。翔太と練った計画を進めるべく準備をしていると、自然に前向きになれるのだ。

——攻撃は最大の防御なり。まさにそれだ。

「少しは元気になってきたようだな。飯は大盛りにしておいたから、たんと食いな」

「ありがとう。いただきます。——あー、味噌汁が染みる。塩辛がご飯に合う。このおかずなら、何杯でもご飯が食べられそう」

「そう言ってもらえるとうれしいねぇ。お前さんは旨そうに食うから、作り甲斐があるんだよ。お代わりもあるぜ」

「お代わりまではいいかな。玄さん、食べながら話を聞いてください」

「あいよ」

剣士は、黒内屋の嫌がらせがエスカレートしてきたことと、翔太と考えた〝白金の盃を奪還して左馬之助を封印する計画〟を、玄に語って聞かせた。

「――なるほどな。まずは来週の火曜日か。上手くいけばいいんだけどなあ」

「なんとか頑張ってみますよ。白金を手に入れたら、次は左馬之助の封印です。そこは翔太がお膳立てをする予定になってます」

「そうかい。で、俺はどうすりゃいいんだい？　なんか手伝わせておくれよ」

「玄さんは……」

金の盃にもう一度封印されてください。

桐箱の中で、白金の盃に封じた左馬之助が復活しないように、ずっと人柱でいてください。永遠に。

——そんなこと、口が裂けたって言えない。言うつもりなんて欠片もない。

「手伝ってほしいことはたくさんあると思うけど、今はつきみ茶屋の仕事に集中してもらいたいです。知恵と体力を温存しておいてください。いざってときに僕らが頼れるのは、玄さんしかいないんで」

「おう、任せとけぃ！　黒内屋の嫌がらせなんて、俺が蹴散らしてやる。お雪さんだって天から見てるはずだぜ。きっと助けになってくれるさ」

「ですね。玄さん、頼りにしてますから」

この純粋で愛すべき江戸時代の料理人を守るためにも、左馬之助の封印計画をスムーズに進めなければ。つきみ茶屋は僕と翔太と玄さんが立ち上げた店。いくつもの壁を越えて繋がった二・五人の連携は、誰にも崩させたりしない。何があっても、絶対に。

「玄さん、やっぱお代わりしちゃおうかな。ほんの少しだけ」

「よっしゃ。食欲ってのは生きる力だ。飯が旨いって感じられるのは、身体と心が正常に動いてる証拠さ。たんと食っとくれ」

いそいそとお代わりをよそいに行く玄の背を、剣士は目を細めながら見つめていた。

◆

その夜。営業を終えてパソコンを開こうとしていた剣士の元に、仕事を終えた静香がやって来た。

「剣士さん。最近やつれたように見えてたけど、元に戻ってきましたね。顔色も良くなってるし、安心しました」

「ああ、予約でずっと満席だったから、忙しくて休む暇がなかった。うれしい悲鳴ってやつかな」

「……身体、大事にしてくださいね」

柔らかい口調と共に、石鹸のような香りが漂ってくる。

これぞ〝癒し〟だ。そのひと言に尽きる。

「ありがとう。静香ちゃんって、ホントよく見てるよね。お客さんの名前も好みも覚えるの早いし。屋台対決のときだって、彩りとか味を変えるとか、アイデアも的確だった。さすが、うちの軍師だよ」

「そんな、大した功績じゃないですよ。もっとお役に立ちたいです。だから……」

そこで少し言いよどんでから、彼女は剣士の目をひたと見据《みす》えた。

「そろそろ教えてもらえませんか？　翔太さんのオーラがなぜ変わるのか。この店で何が起きてるのか。本当は、剣士さんがやつれたほどの問題があったんですよね、きっと」

「静香ちゃん……？」

どう対応すればいいのかわからなかった。鋭い観察力と洞察力を持つ静香に、何をどう言えば誤魔化《ごまか》せるのだろう？

「あの、問い詰めたいわけじゃないんです。ただ、剣士さんがすごく重いものを背負ってる気がして。その重さを、わたしにも少し分けてもらえないかなって思っただけです。わたしだって、バイトだけどつきみ茶屋の一員なんだし。できればずっとここに……っていうか、剣士さんのそばにいたいって……。やだ、なに言ってるんだろ」

赤みが差した頰を隠すように、下を向いて口元に手を添える。

か、可愛い……。

こんな状況で不謹慎だとは思うのだが、目の前の女の子が可愛くてたまらない。

「剣士、明日の仕込みなんだけどさ。……おっと、こりゃお邪魔だったかな」

不躾《ぶしつけ》な発言をしたのは、もちろん厨房から出てきた玄である。

「邪魔なわけないでしょ。なに？　仕込みの相談？」

本当は鼓動が激しく高まっていたのだが、力一杯冷静さを装う。

「いや、あとにしとくよ。はー、なんだか今夜は暑いねぇ。あっちっちだ」

玄が前髪を隠していたヘアバンドに手をやった。

ヤバい！　と思ったときにはもう遅かった。

無意識にヘアバンドをはずしてしまったため、玄の白い前髪があらわになっている。

「翔太さん！　その髪どうしたんですかっ？　ホワイトブリーチ？　——違う、これ地毛のままですよね。何かあったんですか？」

「あー、えーっとな、これには深いわけがあって……。なあ剣士？」

すがるような視線を剣士に送る玄。

——もう誤魔化せそうにない。ここらが潮時だ。静香ちゃんなら理解してくれるだろう。

剣士は、すべてを打ち明ける覚悟を決めた。

「……つまり、今いるのは江戸時代の玄さんで、昨日いたのが本当の翔太さん。ふたりは寝ると入れ替わるわけですね。翔太さんが金の盃を使ったからそうなった。今は白金の盃を取り戻そうとしてる。それを取り戻せば、黒内武弘さんに憑依した武士を封じられるかもしれない。そしたら、剣士さんを悩ませてる黒内屋の嫌がらせを阻止できる、と。……そっか、そういうことだったんですね。翔太さんのオーラが日によって変わる理由、やっとわかりました」

あくまでも朗らかな静香。飲み込みも凄まじく早い。

「わかってもらえてよかったよ。俺もさ、こう見えて気を遣ってたんだぜ。翔太にならなきゃいけないのに、うまくできなくてよ。剣士にもいろいろ迷惑をかけたもんさ。だけど、静香が味方になってくれるなら百人力だ」

玄は静香以上に朗らかだ。

「あのさ静香ちゃん。こんな現実離れしたトンデモ話、すぐには信じられないと思うけど……」

「信じますよ。剣士さんが作り話なんてするわけないし、玄さんの白髪が入れ替わりの証拠なんだろうし。それに、わたしの遠い親戚にいるんですよね。霊感が強くていろんなものが見える女性。その親戚から話を聞いてたせいか、この世には目に見えない存在もいるんだって、昔から思ってたんです」

その言葉に嘘はないと、剣士も信じられる。

「きっと今まで、いろんなご苦労があったんでしょうね。憑依なんて、なかなか理解されない現象でしょうから。でも、わたしには真実だってわかります。なんでつきみ茶屋にポテンシャルを感じるのか、その理由もよくわかりました。ここには玄さんっていう江戸料理のプロがいたんですね。話してもらえて本当にうれしいです」

「俺もうれしいぜ。静香、これからも剣士を頼むよ」

「はい！　頑張ります」

握手を交わす玄と静香。

なにを頑張るのかよくわからないけど、こんなに共感してくれるなら、もっと早く話してもよかったかな。

そう思えたほど、静香の微笑みは慈悲深かった。

「でも、ここだけの話にしてほしいんだ。翔太以外の人には絶対に言わないで。蝶子さんとかタッキーさんとか。みんな混乱するだけだろうから」

「もちろんです。秘密はちゃんと守ります。……それで、白金の盃を取り戻す計画なんですけど、ちょっと気になったことがあるんですよね。剣士さん、生意気だけど意見しちゃっていいですか？」

テキパキと話を進めていく静香。まだ大学生なのに、剣士がたじろぐほどのしっかり者だ。見た目は可憐な乙女風なのに。

「もちろんどうぞ」

「剣士さんが花富士のバイトさんと黒内屋の本社に行くのって、ちょっと危険じゃないですかね？　万が一ですけど、武弘さんと出くわしたりしたら、言い訳ができなくないですか？　たとえ帽子にマスクで行っても、相手が悪霊に取りつかれてるなら、剣士さんだって見抜く可能性が高そうです。それこそ、不法侵入だって騒がれちゃうかもしれません」

「ふむふむ、それは一理あるぜ。剣士も左馬之助と直に会ってるからなぁ。気配で察知されるかもしれねぇぞ」

「……やだなあ、ふたりして。だったらどうすればいいのかな？」

「名案があります！」

静香が勢いよく右手を上げた。

「剣士さんの代わりに、わたしが潜入するんですよ。わたしは武弘さんとも武士とも接触してないから、怪しまれたりしないと思うんです」

あまりにも大胆な意見。剣士は戸惑いつつも即答した。

「静香ちゃん、気持ちはありがたいよ。でも、本当に危険な目にあうかもしれないんだ。巻き込むわけにはいかないから」

「いやいや、静香の言う通りだよ。お前さん、まだ若いのに切れ者だねぇ。剣士より静香が行ったほうが怪しまれずに済むって、俺も思うわ」

「ですよね！　ほら、玄さんがそう言うんだから、わたしが行くべきなんですよ。花富士のバイトさんと専務室に入って、神棚の盃を交換してくればいいんですよね？　ダミーで用意する白金の盃と」

「それはそうなんだけど……」

来週の火曜日に黒内武弘の専務室に入ったら、神棚にある白金の盃と、ネットで見つけて購入した類似商品を交換する。大きさは若干異なるが、同じような白金を塗装した盃が入手できた。遠目だと違いに気づかないだろう。それに、左馬之助は盃を使わないはずなのだ。なにしろ、使ったら中に封印されてしまうのだから。

つまり、神棚の盃に彼らが触れることはないので、偽物と交換したとバレる可能性は限りなく低いのである。

白金の盃を奪還したら、翔太が姉の水穂に頼み、紫陽花亭に武弘を招待してもらう。元々、武弘は紫陽花亭の顧客。顧客向けの新作試食会だと偽り、個室で彼を水穂にもてなしてもらうのだ。その際に、左馬之助の封印計画を実行する予定だった。

まるでスパイ映画のような工作だったが、たとえ失敗しても次のチャンスを待つつもりでいた。

「剣士さん、お願いします。わたしにも協力させてください。臨機応変にうまくやりますから。当日は剣士さんも近くで待機してください。現場の様子を逐一《ちくいち》連絡します。ね？」

「俺は静香に賛成するぜ。剣士、静香は賢いから大丈夫だよ。白金の件だけは任せていいんじゃないかい？」

静香と玄に説得され、剣士は折れざるを得なくなってしまった。

「わかったよ。でも無理はしないでほしい。少しでも危険だと思ったら、何もしないで帰ってくるんだ。いいね？」

「ラジャー、です」

どこかうれしそうに、静香は敬礼をしてみせた。

◆

翌週の火曜日。静香は花富士のエプロンをつけ、帽子とマスクで顔を隠して奥川と共に黒内屋の本社へ向かった。

新宿三丁目にある本社ビルの近く。交差点の角にあるファッションビルの入り口付近で、剣士は静香の報告を待っている。

十分ほど前に、『ビル内に入りました。役員室にも問題なく行けそうです』と静香からメールが来たところだ。

初秋の陽光が照り付ける中、日陰を探して待機する。身体がじんわりと汗ばんでいく。

「なんだかこっちも緊張するよなぁ。静香はまるで、伊賀《いが》か甲賀《こうが》のくノ一だな。あの行動力はすげぇよ」

側には玄がいる。どうしてもついて行くと言ってきかなかったのだ。いつもの着物姿だと目立つため、今日の玄はコットンパンツとサマーニットを着てキャップを被っている。

——静香ちゃんも玄さんも、スリルを楽しんでる気がするんだよな……。

玄に気づかれないように、こっそりため息をつく。

とはいえ、力になってくれようとするふたりの気持ちはありがたかった。

武弘と左馬之助に顔バレしている剣士よりも、彼らと接点がなかった静香のほうが、今回の潜入には相応しい。確かにその通りだと、翔太も賛同してくれたのだが……。

静香が無茶して危険な目に遭うことだけが、心配でならない。

剣士はスマホを握りしめ、目の前にある黒内屋の本社ビルを見上げていた。

「立派な建物じゃねぇか。武弘の奴、なんだか哀れだよなぁ。こんなでかい会社のお偉いさんなのに、左馬之助の言いなりにされてんだから」

「本人はどう思ってるんでしょうね。祖先に取りつかれて駒《こま》にされて。そこに武弘の意思はあるのかな？　僕だったらうんざりしそうだけど」

「さあな。機会があったら本心を訊いてみてぇよな」

「あ、また来た。静香ちゃんからだ」

メールを開くと、専務室の神棚の写真が送られていた。

『すみません、盃が見当たらないです。このまま部屋を出ます』とメッセージも送信されている。

神棚の写真に目を凝らしても、白金の盃などどこにも見当たらない。

「盃がない？　なんでだっ？」

つい声を上げてしまった。通行人が奇異な目を向けて去っていく。

「どうした剣士。計画失敗か？」

「潜入はしてくれたけど、肝心の盃がないみたいです」

「ふーむ、ならば仕方がないよな。強引に物事を進めようとすると、思いがけない抵抗にあったりするからなあ」

まるで他人事のように玄がつぶやく。

「そんな、せっかくダミーまで用意したのに！」

まずは白金の盃を奪還するのが第一目標だったのだ。ここで躓《つまず》いてしまったら、次の計画には進めなくなってしまう。

「武弘か左馬之助がこっちの計画に気づいた？　まさか誰かにリークされたとか？　献立のときのように」

「——おい、なんの話をしてるんだ？」

後ろから野太い声がして、飛び上がりそうになった。

振り向くと、スーツ姿の黒内武弘が立っている。スターバックスのカップを持つ左手に、入れ墨は見当たらない。以前より頬がこけ、目の下に黒いクマができているが、これは左馬之助ではなく武弘本人だ。

「く、黒内さん。なんでこんなところに？」

十時から会議だと聞いていたのに、もう十時半を過ぎている。

まさか、お江戸屋の保に嘘を教えられたのだろうか？

「言う必要などないだろう。君たちこそ、うちの会社の前で何をしているんだ？」

蛇のように鋭くねちっこい瞳で、剣士と玄を交互に見る。

「僕たちは……」

次の言葉がどうしても紡《つむ》げない。

絶体絶命、という言葉だけが頭の中でループしている。

硬直する剣士の横で、玄が武弘のほうに歩み寄った。

「お前さんに会いに来たんだよ」

ちょ、玄さん！　なに言ってるんですかっ！

と止めたかったのだが、玄のあまりにも真剣な表情が、剣士を躊躇《ちゅうちょ》させた。

武弘は眉ひとつ動かさずに、ふたりを冷ややかに見下ろしている。

「会いに来たのさ。黒内左馬之助が『儂の傀儡よ』って嘲笑《あざわら》ってた、お前さんにな」

「なっ、傀儡だと？」

玄の先制パンチだ。冷徹だった相手に微かな動揺が走った。

「そうさ。お前さんは左馬之助の悪霊に取りつかれてるんだよ。人形のように操られてるんだ。このままだと、完全に自我を奪われちまうぜ。俺はな、前から本気で忠告してやりたかったんだ。今ならまだ間に合う。一度うちの店に来てもらえないかい？白金の盃を持って。その服の中に入れてあるだろう？俺には気配でわかるんだよ」

武弘があわてたように、胸ポケットを押さえつける。

そこに盃が入ってるのか。玄さん、やるじゃないか。ここについてきてもらって正解だった！

剣士は武弘との対話を、玄に委ねることにした。

「正直に言うよ。俺たちは白金の盃を返してもらおうと思ってたのさ。お前さんの会社に潜り込んでな。だけど、こそこそすんのは俺の性分じゃねぇんだわ。正々堂々と話したかった。ここで会えてよかったよ」

「こっちには話すことなんてないからな」

素《そ》っけなく言いながらも、武弘はその場を動かない。

「まあ、そう言いなさんなって。俺はな、江戸の料理人なんだよ。左馬之助に毒を盛られて死んだんだ。今は子孫の翔太と共生させてもらってる」

「なんだって？　お前も……？」

目を見張った武弘に、玄はさらに近寄った。

「玄って呼んどくれ。俺も魂の存在だから、あいつのことはよーくわかるんだ。人を利用して騙しまくって、目的を果たしたら打ち捨てる鬼畜野郎だ。やっかいな奴が蘇っちまった。きっと、お前さんにもとんでもねぇ迷惑をかけるぜ」

何も答えない相手に、玄は穏やかに話し続ける。

「盃に封じられた魂は、血族にしか取りつけない。お前さんは左馬之助の子孫だったんだな。あいつ、俺たちにこうも言ったぜ。儂の子孫は暗示にかかりやすい性質で、入れ替わらずとも自由自在に操れる。だから存分に使わせてもらう、ってな。左馬之助はお前さんの身体を乗っ取るつもりだ。そのうち表には出られなくなって、暗闇をさまようことになる」

「暗闇……？」

武弘が眉をしかめた。

「そうさ。左馬之助には俺と違って共存の意思がない。一度しか話してないけど、はっきりわかったよ。奴は黒内屋のお偉いさんで何かと使いやすいお前さんを、わざと選んで取りついたんだ。永遠に使い続けるつもりでな。それでもいいのかい？」

「……だったら、どうすればいいんだ？」

押し殺したような低い声で、武弘はそう言った。

よーし、いい感じだ。玄さんの説得が利いてきたぞ！

「簡単さ。盃を持ってつきみ茶屋に来てくれればいい。それで問題解決だ。お前さん、本当は困ってたんじゃないかい？　自由を奪われる時間が多くなって。思ってもいなかったことをやらされたりしたんだろ？　うちを五芒星で呪ったり隣の家を買い取ったのは、お前さんの意思じゃないはずだ。つきみ茶屋にそこまで執着する男には、どうしても見えないんだよ。違うかい？」

相手を安心させるように、玄がゆっくりと問いかける。

「執着なんてないよ」

ついに武弘が、重い口を開き始めた。

「江戸料理に可能性を感じたのは事実だ。だからお江戸屋を出店した。だけど、つきみ茶屋の献立を真似したり、子どもじみた嫌がらせをさせたのは私ではない。隣の地上げも私の意思に反している。そもそも白金の盃を奪ったのだって、君たちの店を目の敵にしたのだって、抗えない力に操られたからなんだ。……今は後悔している」

意外だった。まさか武弘から後悔という言葉を聞くなんて。

玄が言う通り、横暴な左馬之助を持て余すようになっていたのだ。武弘の頰がこけ、クマができているのも、左馬之助に振り回されたせいなのだろう。

「そうかそうか。苦しそうな顔してるもんな。だけどもう大丈夫だ。早いうちにつみ茶屋に来ておくんな。とりあえず、白金の盃で一杯やってほしいんだ。つまみも用意しておくよ。できれば営業してない日がいいかなあ。うちは毎週木曜日が休みなんだ。いつなら来られるか教えとくれ。こっちは今週でも来週でも構わないぜ」

少しだけ考えて、武弘は「では、今週木曜日の夜六時に」と答えた。

「あい承知した。余計なお世話かもしれねぇけど、自我が奪われないように十分注意しておくんな」

玄の神妙な声に、彼は小さく頷いた。

こうして、スパイ映画のような工作は、あっけなく失敗に終わった。

結果として物事を押し進めたのは、裏表のない玄の率直な説得だった。

剣士には想定外の展開だったが、玄は初めから武弘と対峙《たいじ》する機会を窺っていたらしい。

保が剣士たちの計画をリークしたという疑いも、まったくの誤解だった。

武弘いわく、彼が会議に遅れたのも、白金の盃をポケットに入れていたのも、左馬之助の仕業だったそうだ。

「強力な悪霊だから、危機を察知する能力に長《た》けてるんだろう。封印するのも楽じゃねぇかもしれねぇぞ。今日の武弘との会話も、奴に聞かれてた可能性がある。用心しないといけねぇな」

帰り際、玄が恐々とつぶやいた。

そう、彼の言葉通り、左馬之助はすべてを察知していたのだ。

それを嫌というほど思い知ったのは、その日の夜のことだった。

◆

「ありがとうございました。またお越しくださいませ」

最後のひと組を送り出して、剣士はつきみ茶屋の暖簾を中に仕舞った。

「お疲れ様です。今夜も満席でよかったですね」

静香が声をかけてくる。

「今朝は本当にごめんな。静香ちゃんが危険な目に遭わなくてよかったよ」

「いいですよ。こう言ったらなんですけど、楽しかったです。自分がスパイになったような気がして。お役には立てなかったけど」

「いや、静香ちゃんが本社に行ってくれたお陰で、玄さんは武弘と会えて説得できたんだ。役に立たないどころかお手柄だよ」

「ホントですか？　だったらうれしいなあ」

バイト用の青い作務衣を着て、髪の毛を後ろでまとめた静香。いなくなったら困ってしまうほど、すっかり店に馴染んでいる。

「僕も静香ちゃんには、ずっとここにいてほしいよ。いや、ずっとってわけにはいかないだろうから、できる限りでいいんだけど」

玄の存在を明かせたこともあり、剣士はやっと素直な気持ちを伝えられた。

気恥ずかしくて顔から火が出そうなのだけど。

「じゃあ……、本当にずっとここにいようかな」

「え？」

冗談かと思ったら、静香は真剣な目をしている。

「大学出てもここでお世話になろうかなって、いま思っちゃいました」

「それはありがたいけど、せっかく英語と中国語を専攻してるのに。語学を生かした仕事に就《つ》きたいんじゃないの？」

「わたし、翻訳家になりたいんです。いつかはフリーでもできるようになりたいんですよね。そんなに甘い世界じゃないかもしれないけど、フリーになれたら自由に働けるじゃないですか。だから、卒業後もつきみ茶屋のお手伝いができるように努力したいです」

「そっか。何ができるかわからないけど、僕も応援するよ」

「心強いです。剣士さんのエールは最強ですから」

ふたりで微笑み合う。

剣士は静香との距離がまた縮まったような気がして、うれしさとこそばゆさで身悶《みもだ》えしたくなっていたのだが……。

「――なあ、ちょっと臭くないか？」

「確かに匂いますね」

どこからか、何かが焦げるような異臭が漂っている。

「おいっ、てーへんだ！　隣から煙が上がってるぞ！」

白い前髪を垂らした玄が、厨房から飛び出してきた。

「火事？　もしかして右の甘味屋さん？」

「違う、左の空き家だよ！　窓から見えたんだ。剣士、静香も外に出ろ！」

玄はなぜか、店内掃除用のモップを手にダッシュしていく。剣士もあわてて続こうとした。

「剣士さん、消火器！」

「そうだ、一応持ってこう」

静香に言われて、厨房に設置されていた消火器を外した。それを抱えて外へ出る。

先日、引っ越しの挨拶にきた老夫婦が住んでいた左隣の古民家。その庭で何かが燃えているのがブロック塀越しに見えた。黒い煙がもくもくと立ち上っている。門が開いていたので中に入ると、火元はつきみ茶屋側の塀に沿って建っている物置のようだった。

恐怖で足がすくみそうになったが、側にいる静香の存在が促進力になった。

人がいなくなった途端に起きた発火。誰かの放火なのか？

「消防署に通報します！」と静香がスマホを取り出す。

玄は「火消し組のお出ましでぃ！」と、モップを持ってわめき立てる。

「誰か半鐘《はんしょう》を鳴らせ！　水なんかじゃ駄目だ、すぐ火が回っちまう。建物をぶっ壊すぜ！　剣士、鳶口《とびぐち》か刺又《さすまた》はねえのかよっ？」

〝半鐘〟は火災を知らせる鐘、〝鳶口〟や〝刺又〟は家屋を破壊する道具。家屋が密集していて火事が多かった江戸の町では、〝火消し組〟と呼ばれた町民の消防隊が、建物を壊して火の回りを防いでいた。

そのくらいは玄から聞いていたが、相手にしている場合ではない。

「玄さん、今は鳶口の代わりにこれを使うんだ。ちょっとどいて！」

消火器のレバーを握って火元にホースを向け、消火剤を発射する。

ブシュッと音がして、白い液状の消火剤が黒煙に放たれた。煙の中で赤い炎が断末魔のようにうごめいている。

玄はモップを逆さに掲げて上下に動かしながら、「えいや！　えいや！」とかけ声をかけている。

おそらく、江戸の頃に火消し組が使っていた〝纏《まとい》〟の代わりにしているのだろう。当時は火消し組の一員が纏を振って火事現場の目印にしたり、仲間の消火活動を鼓舞していたらしい。

――あっという間に消火器が空になった。

黒煙の勢いは弱くなったが、まだ火が小さく燃えている。

「これだけじゃ消せない！　玄さん、毛布を濡らして被せましょう」

「毛布だと？　そんなんでぶっ壊せんのかよっ」

「いいから早く！」

剣士が玄を引っ張って店に戻ろうとしたら、右隣の甘味屋の主人が消火器を手にやってきた。

「剣士くん、早くしないと君の店に火が回る」

甘味屋の主人が消火器を使う。消火剤が物置に向かって勢いよく吹き出す。

その間に、近所の人々が消火器を持って次々と駆けつけた。

「皆さん、こっちです！」

静香が誘導している。彼女が皆に声をかけてくれたのだろう。

「こりゃ大変だ！」「火を消せ！」「一気にやるぞ！」

一斉に消火剤が吹き上がった。

「えいや！　えいや！」

またもや玄がモップを逆さに掲げて叫んでいる。

遠くから消防車のサイレン音が聞こえて来た。

だが、車の到着を待たずに火の手は消え去っていた。

ほんの僅《わず》かな時間で収まったボヤ騒動だった。

「――皆さん、ご協力ありがとうございました」

額の汗を拭《ぬぐ》って剣士が礼を述べると、「いいってことよ」「お互い様だ」「火が回ったらえらいことだからさ」と笑顔が返ってくる。

「さすが江戸っ子だねえ。よってたかって火を消すなんざ、今も昔も変わらねぇや。これが江戸の粋だよ」

玄がしきりに感心している。

「剣士さん、煤《すす》だらけですよ」

静香がハンカチで顔を拭ってくれた。

「ごめん、汚しちゃったね。また静香ちゃんに助けられたよ」

「そんなのいいんです。無事でよかった……。本当によかったです」

泣き出しそうな静香を見て、事の重大さを再認識する。

本当にボヤで済んでよかった。炎が隣のつきみ茶屋までいってしまったら、油もあるし大変なことになっていた。自然発火だとは思えない。きっと放火だ。あいつがやったのか……？

「火は消えたけど、ここはあっちっちだな」

玄の冷やかしも耳に入らないくらい、剣士は火事の原因について考え続けていた。

◆

翌朝。剣士は翔太を二階の居間に呼んだ。

昨日の怒濤《どとう》の出来事を報告するためだ。

「物置に紙が大量に置いてあって、そこに誰かが火をつけたみたいだ。消防隊と警察から事情聴取されたんだけど、黒内武弘が怪しいなんて言えなかったよ。武弘に憑依した武士がやったなんて、誰も信じないだろうから」

「頭がイカレたと思われるだけだろうな。証拠を残すような奴だとは思えないし、犯人不明のまま終わりそうだ。それにしても、ボヤで済んで本当によかった。静香やご近所さんのお陰だよ。そうだ、静香は黒内屋に潜入もしてくれたんだよな」

「うん。お陰で玄さんが武弘を説得できた。めちゃくちゃ助かったよ。だけど、武弘がここにちゃんと来られるのか心配だ。明日、白金の盃を持ってくることになってるんだ。それに気づいた左馬之助が、隣の物置に火をつけたんだと思う。脅しのつもりでやったのか、うちを本当に丸焼きにしたかったのかわからないけど、やり方が異常すぎる。正直言うと恐ろしいよ」

ボヤ騒ぎの後始末を終えて静香を送り出したあと、剣士は興奮が冷めない玄に付き合って酒を飲んだ。たらふく飲んだ玄は、翔太が使用している和室ですぐに眠りについたようだったが、剣士自身は一睡もできなかった。やむをえず睡眠改善薬を飲んだので、明け方に少しだけ眠れたのだが、すぐに起きてしまった。

「だよな。どんどんエスカレートしている。剣士、今朝叫んでたぞ。『やめろっ』って。悪い夢でも見たんじゃないか？」

「そうなんだ。細かくは覚えてないんだけど、左馬之助に襲われて息が絶えそうになる夢を見た。自分の叫び声で目が覚めちゃったよ」

「ストレスマックスだな。明日は引きずってでも武弘に来てもらわないと。準備はできそうか？」

「玄さんとどうにかしようと思ってる。なんとしてでも左馬之助を白金の盃に封じないとね」

「オレも協力したいんだけど、相手は悪霊だからなあ。玄に任せたほうがいいのかもしれないよな」

「そう思うよ。霊には霊じゃないと太刀打ちできないんじゃないかな、やっぱり」

明日の夜に何がどうなっているのか、剣士には想像すらできずにいる。

こうなったら神頼みしかないのかな……。

そう思った途端、居間の棚に目が吸い寄せられた。

相変わらず、両親の遺影と、父の形見の包丁が箱に入ったまま飾ってある。

頑固だけど腕利きの料理人だった父・月見太地《たいじ》。

気は弱いけど誰よりもやさしかった母・月見秀子《ひでこ》。

ふたりが元気だった頃の剣士は、つきみ茶屋の跡目を継ぐ気などまったくなく、翔太と同じバーでバーテンダーのバイトをしていた。夕方になると家を出て、早朝に酒を帯びて帰宅する。そんな生活を続けていたため、父からは「いつまでもフラフラしてないで店を手伝え！」などと、何度も叱咤《しった》を受けていた。

おそらく父は、ずっと信じていたのだろう。老舗の割烹に生まれたひとり息子なのだから、いつかは店を継いでくれるだろうと。

自動車運転中の事故で両親が亡くなる直前も、剣士は父と言い合いをした。

「言うことが聞けないのなら、この家から出ていけ。今すぐだ」

そんな父の怒声が癇《かん》に障り、つい言い返してしまった。

「わかった。父さんの顔なんて、二度と見たくない」

――それが、父と交わした最後の言葉だった。

まさか、本当にもう二度と会えなくなるなんて……と、何度悔やんだことだろう。

もし、もう一度だけ会うことが叶うのならば、あのときの言葉を撤回したい。

二度と顔を見たくないなんて嘘だ。そんなの思ったことすらなかったよ。

あのときの僕は、夢も目標も責任感も持ち合わせていなかった。だから、ちゃんと店を経営して料理と向き合ってる父さんが眩しかったんだ。照れくさくて言えなかったけど、僕は父さんと母さんを尊敬していた。剣士って勇ましい名前をつけてもらったのに、刃物恐怖症を克服できないままで、跡を継ぐ覚悟のない自分が情けなかった。

僕は父さんに負い目があったんだ。心にもない憎まれ口を叩いたこと、後悔してもしきれない。本当にごめん。

今は、どうにかして店の暖簾を守ろうとしてる。包丁だって握れるようになったんだ。もう、昔の僕じゃない。できれば、僕が説明しながら出すつきみ茶屋の創作江戸料理を、父さんと母さんに食べてほしかったよ……。

もう何度目かわからないほど唱えてきた懺悔《ざんげ》の想いが、またもや剣士の胸中で繰り返され、その重みで胸が苦しくなってくる。

いや、ここで過去を悔やんでいても仕方がない。大事なのは今だ。つきみ茶屋の問題を解決するために、意識を集中させなければ。

剣士は棚の前に行き、遺影に両手を合わせた。

どうかどうか、僕たちに力を貸してください。つきみ茶屋の暖簾は大切に守っていきます。そのためにも、店に襲いかかろうとしてる台風を、どこかに追い払ってほしいんです。勝手なことを言って申し訳ないです。でも、ここを守りたい気持ちに嘘偽りはありません。どうかお願いします……。

遺影の中で父母が微笑んだ気がした。もちろん気のせいだろうけど。

両親の顔から、横にある形見の包丁の箱に視線を移す。

何かに引き寄せられるかのように箱を開け、右手で包丁の柄を握りしめる。

鋭く尖《とが》る刃先。鈍《にぶ》く光る薄刃包丁。刃元に黒く彫り込まれた包丁職人の名前。プロの料理人が使うために作られた、超硬質鋼材の刃物……。

いつか絶対、使いこなせるようになりたい。父さんの代わりに。

改めてそう思った刹那《せつな》、外の陽光を受けて刃先がキラリと輝いた。

「親父さんの形見、使う気になったのか？」

翔太が静かに声をかけてきた。

「そうだね。翔太と玄さんがステンレス包丁の特訓をしてくれたから、これももう使えそうな気がする。まずは研いでみるよ」

とりあえず包丁を箱に戻したら、棚の中に入っている桐箱のことを思い出した。三つの盃が入っていた箱だ。

「このあいだの鑑定書と桐の箱、棚に入れたまんまだった。物置の金庫に入れてくる」

「わかった。オレは朝食を作るよ。カフェオレとハム・チーズのホットサンドでいいか？　スクランブルエッグもつける」

「あんま食欲ないんだけど、こんなときこそ食べておかないとね」

「腕によりをかけるから食べてくれ。また剣士にやつれられたら困る」

「ありがとう」

翔太と話したら落ち着いてきた。

左馬之助に関しては玄さんに頼らざるを得ないだろうけど、自分がやるべきことはやるしかない。

剣士は桐箱と鑑定書を持って、一階の物置に入った。

簡易金庫の錠《じょう》を開け、中にあった金の盃と青銅の盃を桐箱に仕舞う。

あとひとつ。武弘が白金の盃を返してくれたら、三つの穴が埋まる。

左馬之助を白金に封印さえできれば、人柱の魂が金や青銅の盃に入っていなくても、どうにかなるはずだ。

自分に言い聞かせてから、桐箱を入れて簡易金庫の扉を閉めた。

物置を出て外に目をやると、早くも木の葉が色づき始めている。

いつの間にか、玄が翔太に憑依してから一年以上が経っていた。

第６章「遠い記憶の仕出し料理」

翌日の夕方。剣士は玄と共に、武弘をもてなす料理を作っていた。

「さあ、鶏卵様《たまごとうふ》の出来上がりだ。剣士、切っておくれ」

「了解です」

父の薄刃包丁で、白く細長い塊を丁寧に小口切りにしていく。

さすがはプロの愛用品。どんなものでもスパッと切れてしまいそうだ。

「動きが滑らかだし震えもねぇし、いい感じだ。玄人《くろうと》用の包丁。しかも、お父《と》っつぁん形見の品を使い始めたんだ。もう刃物恐怖症は治ったんだな」

「まあ、そうかもですね。玄さんと翔太のお陰です」

「いやいや、お前さんの努力の賜物《たまもの》だよ。大したもんだ」

初めて刃先を研ぎ石に当てたときは緊張で身がすくんだが、何度も研ぎ続けているうちに手に馴染んできた。こうしてまな板の上で動かしていると、父の温もりすら感じるような気がしてくる。この包丁を使えるようになったことが、やけに誇らしい。

「包丁なんて見るのも嫌だって言ってたのにな。初めて会ったときとは別人のようだよ。お父っつぁんもよろこんでると思うぜ」

そうだといいな、と剣士も心底思う。

毎晩欠かさず練習を続けたので、今では何でも切れるし、皮だって剝けるようになった。そろそろ大きめの魚を捌いてみようかと考えている。左馬之助の件が落ち着いたら、だけど。

「――うわ、ゆで卵だ。見た目だけだけど」

つぶした豆腐に葛粉や塩を混ぜ、それを丸ごと煮た小ぶりのさつま芋の周りに塗り、竹の皮で包んで蒸したのが、この鶏卵様だ。切ると真ん中の芋が黄身、外側の豆腐が白身に見えるようになっている。

「卵に見立てた豆腐料理だ。『豆腐百珍』にも載った献立でな。先付《さきづけ》でよく作ったもんさ」

「試食してもいいですか？」

「もちろんだ。余るほどあるからな」

厨房に立ったまま小皿に鶏卵様を取り、ひと口食べてみた。

「……外は塩気のある豆腐、としか言えないかな。竹の香りはすごくいいんだけど。中のさつま芋は、出汁の染みた含め煮。めっちゃ美味しいけど、豆腐と絶妙に合うってわけじゃないですね」

「まあ、見た目で楽しませる料理だからなあ。贅沢品だった卵の代わりだったんだよ。でも、待合の客にはよろこばれたんだぜ」

「これって左馬之助にも出したんですよね。感想とか言ってました？」

「さあな。俺はつきみに仕出し料理を届けてただけだから。座敷に料理を運んだら引っ込んで、頃合いを見て器を回収しにいく。誰が何を食って何を言ったか、見れるような立場じゃなかったのさ。……だけど、あの夜だけは特別だった。毒見をしろって呼び止められたんだ。左馬之助のほかにも何人か侍がいて、女芸者の姉さんが三味線を鳴らしてて、お雪さんが綺麗《きれい》に踊っててな。懐かしいなあ。考えてみたら俺の命日なんだけどよ、いい思い出になっちまったわ。二度目の人生を生きてるからだな」

のんびりとした口調で玄が言う。

「さー、料理と酒の準備は調《ととの》った。あとは武弘の到着を待つだけだ」

〝戻り鰹の胡麻醤油かけ〟〝牡蠣《かき》の柚子風味田楽〟〝根野菜と高野豆腐の煮しめ〟〝真鯛の姿焼き〟〝煮大根の天ぷら〟〝加茂《かも》茄子の鶏味噌〟。それから、〝鯖の押し寿司〟に

〝赤蕪《あかかぶ》の酢漬け〟。

なんとも豪華な品々だが、これらは玄が左馬之助の座敷に出したことのある料理だという。

玄はほとんどの料理を剣士に味見させた。

軽く炙《あぶ》った鰹は、嚙むと適度な脂と胡麻の風味が口一杯に広がる。

味噌ダレで焼いた牡蠣は香ばしくて、柚子のアクセントが利いている。

カラリと揚がった天ぷらの衣の中から、出汁で柔らかく煮た大根のエキスが溢れてきたときの感動は衝撃的だった。

しっかりと出汁の染みた煮しめも、鶏味噌を載せた大きな加茂茄子も、箸が止まらなくなりそうなほどの美味しさ。

酸味が控えめの鯖の押し寿司は、シャリとのあいだに紫蘇とガリが入っていて飽きが来ない。何個でも食べられそうな味わいだ。

赤蕪の酢漬けに至っては、最高の箸休めになっている。

「ウマい！　どれもこれも本当に美味しい。玄さんの料理は食べると心があったまります。シンプルな朝餉もいいし、今夜のような手の込んだ献立もいい。マジで最高ですよ」

お世辞抜きでそう思った。

感想を述べるたびに、「うれしいねぇ」と玄は相好《そうごう》を崩していた。

「どうせなら、つきみの宴会を再現してみようかと思って」と玄に言われたときは、毒見の記憶と繋がるのではないかと危惧したが、当の玄はいたって楽しそうに料理を作っていた。すでに遠い過去の記憶となり、客観視できるようになっているのだろう。

「でも玄さん、何度も言うけど、この料理、武弘は食べないかもですよ。もちろん左馬之助も」

そもそも、武弘が無事に店に来られるかだって危ういのに。

剣士はずっとそう思っていたが、玄には言わないようにしていた。

「いいのさ。残ったら静香や蝶子を呼んで祝杯をあげりゃいい。可能なら水穂や和樹も呼びてぇな。そのためのご馳走でもあるんだから」

「祝杯？」

「決まってるだろう。まずは左馬之助の封印祝い。それから、お前さんと静香の婚前祝いだ」

「な、なんてことを！」

カーッと耳たぶが赤くなる。

「左馬之助はいいとして、そのあとは誤解です。静香ちゃんとはそんな関係じゃないから！」

「まあまあ、照れなさんなって。最近のお前さんたち、あっちっちじゃないか。翔太にはもう報告したのかい？」

「だから、玄さんの早とちりだってば。頼むからそういうのやめて」

玄は「まあ、静香がいるなら安泰だ」と剣士の訴えをスルーする。

「ねえ、聞こえてます？　静香ちゃんの前でも言わないでくださいよ。お願いだから」

「わかったけどよ、きっと静香は引く手あまただ。可愛いし気が利くし賢いからな。逃げられないように頑張れよ」

「だから余計なお世話だってば」

本当にお節介だ。周りが勝手に盛り上がると、うまく行きそうなものも行かなくなるケースがあるのに。……って、なにがうまく行きそうなんだ？　なに期待してるんだよ。静香ちゃんは誰に対してもやさしいだけなのに。

落ち着かなくなってきたので、シンク周りの掃除を始めた。

汚れが消えていくと、心の不純物も消えていくような感覚になる。

「ちょいと猫に餌あげてくるわ」

玄がカリカリに出汁殻を混ぜた皿を持ち、厨房の裏口から庭に出ていく。

ミケ、と剣士が名づけた野良猫が、毎日餌を食べにくるのだ。

みゃぁ、と外から鳴き声がし、「たんと食えや」と玄の話しかける声が聞こえた。

きっと、玄さんも落ち着かないんだろうな。ついに宿敵の左馬之助と対決するかもしれないんだから。

そう思った途端、剣士も自分が緊張していることに気づいた。

駄目だ。もっと肩の力を抜かないと。

雑念を追い払うべく、一心不乱にシンクを磨いていく。

——掃除が終わった頃、玄が神妙な顔で言った。

「そろそろ約束の時間だ。剣士、手筈《てはず》は整ってるかい？」

「一応。抜かりはないと思います」

自宅で簡単に採血ができる血液検査キット。剣士が使用していた睡眠改善薬を溶かした水と徳利《とっくり》。手拭いにロープ。

用意してあるこれらで何をするのかは、一目瞭然だ。

武弘に協力してもらい、血液を採取する。睡眠改善薬入りの水を飲ませて、その場で眠らせる。すかさず身動きが取れなくなるように両腕を縛る。左手に龍が浮かんできたら、白金の盃に血液を混ぜた水を入れ、左馬之助の口に含ませて飲ませるのである。

手荒な方法は取りたくないのだが、このくらいのことをやらなければ、左馬之助は盃に封印されない。剣士たちはそう考えていた。

しかし、時間になっても武弘は現れなかった。

「……遅いねぇ。いま何時だい？」

「六時半過ぎ。三十分以上の遅刻です。やっぱり、無事にはいかなかったのかな……」

「なんなのさ、無事にいかないって」

作務衣に和帽子でスタンバイしていた玄が、訝《いぶか》し気に剣士を見る。

ちなみに、剣士は動きやすいようにジャージでいたかったのだが、玄から半ば無理やり仕事服の和装に着替えさせられていた。

「おとといの放火は左馬之助の仕業だった可能性がある。あいつは気づいてるんですよ、きっと。ここに来たら封印されるって」

「なんだってぇっ！」

……玄さん、気づくの遅いだろう。

やや呆《あき》れつつも、剣士はスマホを取り出した。

「連絡してみます」

初対面のときに、武弘から名刺をもらっていた。それを名刺入れから取り出し、まずは本人の携帯電話にかけてみる。――直留守だ。続いて会社にかけたら、「本日は休暇をいただいています」と社員から告げられた。

「――ダメです。連絡がつかない」

「そりゃ困ったなぁ。武弘が来ないと打つ手がないよ」

「ですよね……」

虚しく沈黙だけが続く。

やがて、店の時計が七時半を表示した。

さすがにもう待てない、と思った刹那、格子戸がガラリと音を立てた。

「な、なんですかっ！」

目の前の光景に剣士は驚愕《きょうがく》した。

なんと、武弘の部下である巨漢の黒服男が顔を出したのだ。

「すみません、遅くなりました」

巨漢が意外にハイトーンな声を発し、店の中に入ってくる。

そして、肩に担いでいたスーツ姿の男をその場に下ろす。

肩から下ろされたのは、黒内武弘その人だった。


「一体、何があったんですか?」

気絶している武弘を座敷席に横たえてから、剣士は巨漢の部下に事情を尋ねた。

「黒内専務から頼まれてたんです。もし、自分が今日出社しなかったら、スマホのGPSで探してくれ。逃げるようなら力ずくでつきみ茶屋に連れてってほしいと」

それを聞いただけで、何が起きたのか想像できた。

すべてを察していた左馬之助が武弘を乗っ取り、逃走しようとしたのだろう。そうなるかもしれないと予想していた武弘は、部下に自分を捕まえるように指示していたのだ。

「ボクが専務を見つけたのは、小石川後楽園でした。逃げる専務を追いかけて、申しわけないと思いながら鳩尾《みぞおち》を突いて気絶させました。ボク、いろんな格闘技をやってたんで、そのくらいは簡単にできるんです」

小石川後楽園。元・水戸徳川家の江戸上屋敷だ。左馬之助はかつての住居に隠れようとしたのか？　今は誰もが利用できる都立庭園なのに。気絶したのが左馬之助なら、目覚めたら武弘に戻っている可能性が高い。

横たわった彼の左手を見る。龍の入れ墨は見当たらない。

今ここにいるのは、間違いなく武弘だ。

「事情はよく知りませんし、専務に訊く気もありません。言われてた仕事は終えたので、ここで失礼します。あと、専務から預かっていたものを置いていきますので、あとはよろしくお願いします。それから……。これまで、いろいろと無礼なことをしてしまい、申し訳ありませんでした」

意外なくらい腰が低く、武弘の忠実な部下だった巨漢は、畳の上に黒革のポーチを置き、素早い動作で店を出ていった。

ポーチを開いた剣士は、「白金の盃だ……」とつぶやいた。

店の灯りを受けて、プラチナが眩いばかりに煌《きら》めく。

やっとここに戻ってきたのだと、感銘深く盃を手に取る。

「綺麗な盃だなあ。悪霊の器にしとくのはもったいねぇくらいだ」

玄も感じ入ったように盃を見つめている。

無機質に輝く白金の盃。死者の魂を封じる魔具とはとても思えない。

「さて、こうなったらのんびりはしてられねぇな。剣士、武弘から血を採っちまおう」

「そうですね。目を覚ます前にやっちゃいましょうか」

剣士は意識を失っている武弘の小指を消毒し、血液検査キットの針を刺した。滲み出てきた血を小さな吸引器で吸い取る。

「痛いっ」と武弘が目を覚ました。

「すみません、ほんの少しだけ採血させてもらいました。左馬之助の封印に必要なんで」

指先に絆創膏《ばんそうこう》を巻きながら、剣士は「これで全部終わりますよ」と言い足し、吸引器の中身を徳利の水に垂らした。

「ここは……つきみ茶屋か」

上半身を起こしながら、武弘が周囲を見回す。

「あなたの部下が連れてきてくれたんです。指示してたんですね。左馬之助の逃亡を予測して」

「そうだ。もう我慢できない。やつは俺の身体で放火までしやがった。夢で見たんだよ。ここの隣の物置に火をつける夢だ。ボヤ騒動があったとニュースで見たときは愕然としたよ。やつは常軌を逸している。頼むから早く封印してくれ」

頬がますますこけ、クマも濃くなっている。普段の高圧的な彼とは別人のように怯えていた。

「せっかくご馳走を用意したんだけどなぁ。食欲なんてなさそうだな」

残念そうに玄が言う。

「申し訳ないが、今はそんな気分じゃない。……う、頭が痛い。あいつが出ようとしている。また逃亡するかもしれないから、俺を動けないようにしてほしい。それで盃を使ってくれ。どうか、頼む……」

武弘は再び畳の上に横たわった。睡眠改善薬は必要なさそうだ。

「剣士、早く縛るんだ！」

「了解！」

玄と一緒に武弘の腕を後ろで縛る。

見る見るうちに、左手に龍が現れた。

鋭く突き出すふたつの角。飛び出たギョロ目。猛々《たけだけ》しく牙を剥いた赤い口。今にも自分を襲ってきそうで、身が縮みそうになる。

「今だ。剣士、盃を使うぞ！」

玄は左馬之助の頭を抱えている。

剣士は徳利から白金の盃に血液入りの水を注ぎ、左馬之助の口元に近づけた。

緊張で手が震える。

口の中に水を入れようとしたのだが、思いっきり首を振られてしまった。

盃が畳の床に転がり、水が飛び散る。

「この馬鹿者がっ」

目を見開いた左馬之助が、恐ろしい形相《ぎょうそう》で睨んでいる。

近づくことすら憚《はばか》れるほどの迫力だ。入れ墨の龍の顔と重なって見える。

「儂に触るな！　汚らわしい。儂は大人しく封じられたりせんぞ。貴様らを呪ってやる。必ず呪い殺す！」

縛られたまま叫び、畳の上をのたうち回る左馬之助。

死にもの狂いで暴れるその様は、さながら手負いの獣のようだ。

剣士は現実とは思えない目の前の出来事に、思考停止状態となっていた。

「往生際が悪いなぁ」

どこか余裕を感じる態度で、玄が左馬之助の両肩を押さえつける。

「この世から消えるのがそんなに怖いか。お前に殺された者たちもそうだったんだよ。やりたいことがたくさんあったはずさ。引き離されたくない大事な人だっていただろう。俺だってそうだった。誰だってひとりで消えちまうのは怖《こえ》えよなぁ。だけど安心しな。お前はひとりじゃない。俺がついていってやる」

玄が何を言っているのか、剣士には理解できない。

「放せ！　この馬鹿者、儂を放しやがれっ」

左馬之助は上半身を玄に押さえられたまま、足をばたつかせている。

「うるせぇ。剣士、こいつに血液入りの水を飲ますんだ。早く！」

「はいっ」

震える手で転がっている盃を取り、再び徳利から水を注ぐ。

仰向けで何かをわめいている左馬之助の、大きく開いた口に向かって盃を傾けた。

武弘の血を混ぜ入れた液体が、喉の奥へと落ちていく。

「ぐわぁぁぁ――っ」

首を左右に振って水を吐き出そうとしたが、ときすでに遅しだった。

左馬之助はゴクッと喉を鳴らしたあと、雄叫びを上げた。

「許さん、許さんぞ！　儂は貴様らを絶対に許さん！　この店も貴様らも儂が祟《たた》ってやる！」

「そりゃ無理な話だ。俺がそうはさせねぇからよ」

落ち着き払った声で、玄が告げた。

剣士は玄の瞳の中に、確固たる使命感を見た気がした。

ピタリ、と左馬之助が動きを止めた。

全身から力が抜け、瞼が閉じていく。

だらりと横たわった彼の左手から、牙を晒《さら》していた龍が消えていった。

「やった。玄さん、やったよ！　封印できた！」

白金の盃を震える手で握りしめる。

だが、玄は武弘のロープを解いてやりながら、「まだだ」と言った。

「剣士、物置から桐の箱を持ってきておくれ。金の盃が必要だ」

「金の盃？　なんのために？」

急に不安が押し寄せ、声がかすれてしまった。

玄は、澄み切った眼をこちらに向けて言った。

「俺が使うんだよ」

きっぱりと告げられて、剣士は息を吞んだ。

「こいつの人柱になるのが俺の役目だ。そうしないと完全には封印されねぇんだよ。桐箱に書いてあっただろ？」

「……玄さん、もしかして鑑定書を読んだ？　二階の棚に入ってた鑑定書」

「まあな。俺だってもう、今の文字は読めるんだよ。この時代でいろいろ勉強したからな」

「そんな……」

嫌だよ玄さん。また盃に封印されて、左馬之助の復活を阻止するなんて。

嫌だ。どうしても嫌だ。耐えられない！

「そんなの駄目だよ！　玄さん、ずっと料理を作りたいって言ってたじゃないか！　できるだけ長く、多くの人に江戸の味を伝えたいって。先祖代々の暖簾を何があっても守り抜きたいって、七夕で願ってたじゃないか！　なのに左馬之助の人柱になるなんて、そんなの駄目だ！」

我ながら駄々っ子のようだと思いながらも、言葉を止められない。

「大丈夫だから。この盃はうちの菩提寺《ぼだいじ》に預ける。玄さんが人柱にならなくたって大丈夫だよ。だから金の盃なんて使わないで。三つとも預けて祈禱《きとう》してもらう。三つの盃は、もう誰にも触らせないから！」

「剣士……」

悲しそうな顔をした玄が、どうにもぼやけて見える。

「あのな、俺はもう外にいられなくてもいいんだ。たとえ盃の中でだって、この店は守れる。料理だってたくさん作ったからなぁ。今日は思いっきり腕を振るったよ。もう十分だ」

残ったらみんなで祝杯をあげればいい、そのためのご馳走だって、さっき玄さんは言った。

――自分が一緒に祝杯をあげる気なんて、はなっからなかったんだ。最後の最後に、かつて仕出しでつきみに届けていた料理を、僕たちに振る舞おうとしていた……。

「まだ……まだ食べ切ってないから。もっと僕たちに料理を作ってよ。美味しいって言わせてよ。頼むよ玄さん……」

こらえ切れずに、透明な雫《しずく》が頬を伝っていく。

「剣士。ここの暖簾はもう、お前さんと翔太で守れるよ。静香だっているしな。剣士は精一杯努力して、刃物恐怖症を克服した。左馬之助の封印のために、あっちこっちで懸命に動いた。全部この店を守るためだ。もう立派な店主だよ」

「それでも嫌なんです。玄さんがいないと嫌なんだ！」

「甘えんじゃねぇっ！」

肩がビクリとなるほどの大声だった。

「いいか、よく聞け。お前さんに足りねぇのは自信だ。もっと自分を信じてやれや。他人に期待しちゃいけねぇよ。期待していいのは自分自身だけだからな。俺はできる！　やれる！　どんな壁も乗り越える！　そう言い聞かせるんだ。心底信じられたら、絶対にお前さんの夢は叶う。理想の自分になれる。わかったな」

「玄さん……」

まるで父親のような、厳しくもやさしい眼差しだった。

「お前さんだってわかってるはずだ。誰かが人柱にならねぇと、また同じことが起きる。左馬之助はまた子孫を呼び寄せるぜ。放火だって厭《いと》わない悪霊だ。完全に封印しねぇと危険だろ。さあ、桐箱ごと盃を持ってきてくれ」

頭では理解できる。だけど、心がどうしようもなく理解を拒否する。

本当に玄さんが人柱にならなきゃ駄目なのか？　ほかに方法はないのか？　この人に頼りっきりになるつもりはない。たとえいなくなったって、店は必ず守っていく。自分を信じ尽くす。

だけど、玄さんは大切な仲間だ。その仲間を犠牲にするなんて……。


「剣士、迷うな！」


玄が叫んだと同時に、剣士の手の中で白金の盃がうごめき出した。

あわてて押さえつけようとしたのだが、盃は意思があるかのように手をすり抜け、勢いよく天井付近まで上がっていく。

「左馬之助の仕業だ。この野郎、大人しくしやがれ！」

見上げた玄を目がけて、盃が猛スピードで飛んできた。「うわっ」と手で顔を覆ったが、手の平に盃の縁が当たった。再び浮上して回転する盃。玄の手の平にはかすり傷ができている。

「玄さん！」

「剣士、金の盃を持ってこい。今すぐだ！」

反射的に足が動く。物置へ走ろうとした剣士の頭に、ガツッと盃が当たった。後頭部に鋭い痛みが走る。

左馬之助に攻撃されている！

「この野郎、じたばたするんじゃやねぇよ！」

玄が盃を捕まえようとする。だが、それを嘲笑うかのように盃は宙に浮き、再び剣士に向かって突進してきた。

「早く行け！」

玄の声に押されてその場を離れる。後ろで何やら物音がした。白金の盃がどこかにぶつかったようだ。だが、振り返らずに物置まで突進し、中に入って扉を閉めた。

簡易金庫から桐の箱を取り出して、しばし見つめる。

箱の中には金と青銅の盃が収められている。玄さんに渡してしまったら、彼は金の盃を使って中に封じられるつもりだろう。左馬之助を完全に封印するために。そう思うと、自分の身が引き裂かれるほど辛い。だけど、このままでは暴れる白金の盃をどうすることもできない……。

思考の迷宮に入り込んだ剣士は、とりあえず頭を空っぽにして、桐箱を手に物置を出た。

「大変だっ、武弘が取りつかれる！」

玄の声がしたので駆け寄った。

玄にロープを解かれた武弘が、目を閉じたまま白金の盃を左手で握りしめている。

徳利に残っている自分の血液混じりの水を、盃に注ごうとしているのだ。

「おい！　また左馬之助に憑依されちまうぞ！」

玄は必死で武弘から盃を取り上げようとしているのだが、どういうわけかヒョイヒョイとかわされる。左馬之助が眠っている子孫を都合よく操り、再び武弘に憑依しようとしているとしか思えない。

「寝たまま操られてるんだ。取り押さえましょう」

「おう！」

左右から武弘の身体を押さえつけた。

しかし、雷でも落ちたかのような衝撃が走り、剣士たちは武弘の身体から弾かれてしまった。

「なんだこれっ？　盃の力か？」

とても現実とは思えない超展開だが、剣士には戸惑う暇もない。

もう一度、玄と一緒に武弘の身体を押さえようとしたのだが……。

思いきり弾き飛ばされて、玄が畳に座り込む。

「駄目だ、近寄れない。左馬之助が復活するぞ！」

剣士も茫然としながら武弘を見る。

彼は徳利から白金の盃に水を注ぎ、左手で口元へと運んでいく。

「やめろっ！　やめてくれ――っ！」

ああ、せっかくここまでやったのに。まだ悪夢が続くのか。

左馬之助から執拗《しつよう》に妨害されて、つきみ茶屋は傾いていくのか。

「神様、仏様！　誰でもいいから止めてくれ！　復活を阻止してくれよっ！」

祈りを込めて叫ぶしかなかった剣士だが、次の瞬間、信じがたいものを目撃した。


カ――ン！

金属と金属が激しくぶつかる音と共に、武弘の盃が後ろに吹っ飛んだ。

まさに危機一髪だ。白金の盃を阻止したのは、一本の包丁だった。

剣士の父・月見太地が遺した薄刃包丁だ。

鈍く光る鋭い包丁が、厨房から盃を目がけて飛んできたのである。

「父さんっ！」

とっさに叫んでいた。

包丁の先端は小刻みに震える盃の中央を貫き、座敷席の柱に突き刺さっている。武弘は固く目を閉じたまま、畳の上に横たわっている。

信じがたいその光景を、剣士は茫然と見ていることしかできずにいた。

「……剣士、聞こえるか？」

いきなり玄が神妙な顔つきで剣士を見た。

「なにが？」

「お父っつぁんの声だ。お前さんに話しかけてるぞ」

「えっ？」

大急ぎで包丁の側に走った。

刃先の尖った薄刃包丁は、白金をコーティングした陶器の盃を貫き、柱に刺さったまま微動だにしない。

盃も寿命が尽きたかのように動かなくなっている。

「聞こえない、何も聞こえないよ！　玄さん、父さんはなんて？　教えてくださいよ！」

「ちょっと待ってろ」

耳を澄ました玄が、ゆっくりと口を開く。

「剣士、よく頑張ったな……」

驚くことにその声音は、懐かしい父親の声そのものだった。

「この店で起きたこと、全部見ていたよ。あんなに嫌がってたのに、跡目を継いでくれたんだな。……うれしいよ。母さんもよろこんでる」

「父さん！　ごめん、最後に酷いこと言ってごめん！」

何よりも早く口から出たのは、謝罪の言葉だった。

すると目の前の男は、両目の端に柔らかく皺を作った。

「大丈夫。お前は自慢の息子だ」

微笑んだまま、彼は剣士の頭に右手を乗せた。

思わずその手を両手で握りしめる。

温かくてやさしくて大きな手。

巧みな包丁使いで美味しい料理を生み出す手。

遥か昔、幼い自分の頭を撫《な》でてくれた人。

いつか刃物の使い手になる。だから剣士って名前にしたんだ。

そう言って愛おしそうに撫でた人の手と、この手は同じだ。

とても不思議だけれど、確かに同じ手だと思える。

「白金の盃は父さんが見張る。なに、青銅の盃に力を少し残していくだけだ。だから心配するな。誰にも触れさせないように、この盃を保管してほしい。いいな、頼んだぞ……」

玄の口が閉じ、右手が離れていく。

あわててその手を掴もうとした。

「待って、まだ話したいことがあるんだ！」

涙声の剣士に、玄は首を横に振ってみせた。

「もう聞こえねぇや。……ごめんな」

「そんな……」

「剣士、包丁を見ろ！」

急いで視線を柱に移す。

ほんの一瞬、包丁から七色の光が放たれ、虹のごとく輝いてふたつに分かれた。ひとつの光は桐箱の中に入って消え、もうひとつは天井に向かって消えていく。

消え去る前に、「頑張れ」と言われたような気がした。

あまりにも突然で、あまりにも短くて。

それでも、父がつきみ茶屋の危機を救ってくれたのだと信じられた。

――ありがとう、父さん。

喉元から熱いものがこみ上げてきたが、どうにか飲み込んだ。

「立派なお父っつぁんだったんだなぁ。この包丁にずっとついて、剣士を見守ってたんだよ。付喪神《つくもがみ》のようにな。だけど、俺の代わりに見張り役を買って出てくれた。青銅の盃に力の一部だけ残して、成仏していったんだ。お前さんが頑張ってるから、思い残しがなくなったんだろうよ。ありがたい。本当にありがたいよ……」

玄が両手を合わせる。

白金の盃を突き刺したまま、柱から動かない包丁に向かって、玄はしばらくのあいだ拝み続けていた。

◆

「――そうか。剣士の親父さんが助けてくれたんだ。ずっと包丁の中で見守っていたなんて、尊い話だな」

玄からすぐに入れ替わった翔太が、感慨深げにつぶやいた。

「前にも父さんの声が聞こえたことがあったんだ。焦るな、って。あのときは空耳だと思ったんだけど、そうじゃなかったのかもね」

「ああ。今のオレならどんな超常現象でも信じられるぞ」

「僕もだ。玄さんで慣れたからね」

「無理やり慣らされたよな」

ふふ、とふたりで笑い合う。

「だけど、そんな僕でも信じられないような出来事の連続だったんだ。三つの盃は物置に仕舞ったよ。白金には穴が空いたから、金継ぎでもしないと使えなくなった。中に封じた左馬之助は、父さんが青銅に残した力で完全に封印された。だから、もう安心だ」

「武弘はどうしたんだ？」

「目覚めたらすぐ帰った。世話になったって、お礼は言ってたよ。あと、隣に割烹を出す計画は中止にするって。元々、武弘の考えじゃなかったみたいだし」

「だったらミッション・コンプリートだな。オレは何もできなくて申し訳ないけど」

「いや、翔太のお陰だよ。翔太がここにいてくれたから、僕は強くなれた。この店を守るって覚悟ができた。だから、父さんも力になってくれたんだと思う。翔太と玄さんがいてくれて、本当によかった」

玄が作ってくれた料理をつまみながら、翔太と酒を酌《く》み交わす。

「剣士の親父さん、本当にうれしかったんだろうな。息子が店の暖簾を引き継いでくれて、自分が遺した包丁まで使えるようになって。思い残しがなくなったのも納得だよ」

そう言われたとき、ふいに翔太の父親の顔が浮かんだ。

「だったら、風間さんもよろこんでるかもよ。翔太が和食の料理人になったんだから。紫陽花亭は継がなかったけど」

「やめてくれよ。オレの親父と剣士の親父さんは、何もかもが違う」

グイッと猪口《ちょこ》をあおる。剣士はそこに熱燗《あつかん》を注ぐ。

翔太は、まだ身体が小さかった小学生の頃、同級生たちのイジメの的になっていた。その一因が父親の風間栄蔵《えいぞう》にあると、彼は思い込んでいる。身内に厳しかったという風間の元から、女将だった翔太の実の母親が逃げ、若い従業員と駆け落ちをしたのだ。

噂《うわさ》はすぐに広まり、翔太は憂さ晴らしをしたい子どもたちのスケープゴートとなってしまった。教科書やランドセルに落書きをされ、散々陰口をたたかれ、そこに存在しない幽霊のような扱いをされたらしい。

現在、風間は後妻の貴代《たかよ》と共に紫陽花亭を切り盛りし、長女の水穂が料理人の婿《むこ》養子を取って跡を継ごうとしている。

だが、翔太は実家に近づこうとはしない。水穂とは連絡を取り合っているが、紫陽花亭にだけは行きたくないと言い続けている。

「外面はいいけど、実は酒癖も女癖も悪い父親。そこになぜかくっついた意地の悪い継母。オレは絶対にあのふたりとは口を利かない。剣士は子どもっぽいと思うかもしれないけど、これぱっかりは仕方がないんだ」

やけくそのように翔太が酒を呑む。

剣士から見たら、風間は尊敬すべき店舗経営の大先輩。江戸時代から続く料亭の暖簾を、守るだけではなく新機軸を打ち出して育て続けている料理人だ。つきみ茶屋のオープン時に、ご祝儀を包んでくれたこともある。しかも、かなりの大金だった。

きっと、風間さんなりに翔太を気にかけてるんだ。応援もしてくれてると思う。だけど、翔太の頑なな心は解《ほぐ》れそうにないよな……。

「剣士」

「あ、ごめん」

「なんで謝るんだよ？」

「いや、なんとなく。なに？」

「この料理さ、オレたちだけじゃ食べ切れそうにないよな。玄のヤツ、なんでこんなに作ったんだ？」

「お祝いにみんなで食べろって。悪霊の封印祝い。だけど本当はさ、僕たちへの最後のご馳走のつもりだったんだ。玄さん、金の盃を使って人柱になるつもりでいたから」

「そっか。……あいつ、カッコいいよな」

「うん。最高にカッコいい」

剣士は翔太を見つめた。切れ長の美しい瞳の奥に、玄の姿を探す。

翔太は自らの手で心臓の辺りを押さえた。

「あいつの鼓動を感じる。封印されなくてよかったよ。まだまだ玄には腕を振るってほしいからな。これからもこき使ってやるぞ」

「そうだね。そうしよう」

大きく頷きながら、玄の料理に手を伸ばす。

今夜はいくらでも食べられそうで呑めそうだ。

「料理もたくさんあるし、まだ九時すぎだし、誰か呼ぼうか。蝶子とか静香とか。あ、タッキーもどうだ？」

「『チャンプTV』の打ち上げメンバーだね。いいよ、連絡入れてみる」

静香ちゃん、来てくれるかな？　来たらこっそり伝えよう。僕をやつれるほど悩ませた左馬之助の問題が、きっちり解決したことを。

剣士は弾むような気持ちで、自分のスマホを取り上げた。

エピローグ　「取り戻した日常の朝餉」

翌朝。剣士は二日酔いの頭を抱えて一階に下りた。

昨日の晩、静香や蝶子、タッキーも来て呑みすぎたからだ。

いつものように、味噌汁の香りが厨房から漂っている。

「玄さん、おはよう」

「お前さんは本当に寝坊助だね」

和服にタスキをつけた玄が、振り向いてギッと睨む。

「どうせたらふく呑んだんだろ。今朝はしじみの味噌汁にしてやったよ」

「あー、肝臓がよろこびそう。ナイスセレクト」

「ないす？　よくわかんねぇけどよ、握り飯作ってっから漬物を切っとくれ。大根と柚子のべったら漬けだ」

「了解」

「お父っつぁんの包丁、研いでおいたぞ。あんな硬いもん貫いたのに、刃こぼれひとつしてねぇんだ。不思議だよなあ」

「……ですよね。研いでくれてありがとう」

形見の薄刃包丁を握って、べったら漬けをザクザク切っていく。

父の笑顔が脳裏に現れ、すぐに消えていった。

この包丁と共に今後も厨房に立てると思うと、心にほんのりと灯りが点ったような気持ちになる。

「――はい、漬物盛りつけましたっと。ねえ、玄さん」

「あ？」

白い前髪をヘアバンドで上げた玄が、炊き立ての飯に胡麻塩をまぶして握りながら剣士を見る。昨夜は翔太だったけど、今は確かに玄である。

これが僕の日常なんだ。玄さんの存在は非日常だけど。

満ち足りた気持ちで剣士は言った。

「玄さんの昨日の料理、みんなで食べちゃいました。美味しかったなあ。これからもウマい飯、作ってくださいね」

「いつまでも俺がいると思うなよ。心残りがなくなったら消えるからな」

「心残りか。玄さん、今は何が心残りなんですか？」

「決まってるだろう。お前さんと静香の結婚だよ」

「なっ！」

全力で誤解だと言おうとしたら、「いや、それはいい。俺の出る幕じゃねえわ」と前言を撤回した。

「もー、朝っぱらから冗談言うの、やめてくださいよ」

静香ちゃんの前では口走らせないように注意しよう、と剣士は胸に誓った。

「心残りはな、翔太のことだよ」

玄はいたって真面目な顔をしている。

「翔太？」

「そうさ。あいつの心には親への憎しみが宿ってる。俺が夢で何度も感じたくらい強い感情だ。それが解消できたら、俺の役目は終わりだろうさ」

そこには触れないほうがいい。ヘタに触るとこじれていくだけだから。

そう思ったが、何も言わないことにした。

玄さんが妙なお節介をしないように、目を光らせておかないと。

いろいろと面倒なのだが、この人の言動は突拍子がなくて面白い。

「そう言えばよ、止まり木に面白そうな本が置いてあったぜ。なんだほら、『みるな』とかなんとかって」

「ミルラン。飲食店の格付けガイドブック。江戸の料理店番付表みたいなもんですよ。審査員の星の数で店の評価が決まるやつ」

覆面調査員がやって来て、秘密裏に店の点数をつける。星が三つなら最高ランク。ひとつだとしても大光栄だ。星がつくだけで名店の仲間入りが果たせる。

「ぱらぱら見てたらよ、翔太の実家が載ってたんだ。星が二個ついてたなあ」

「あー、そうですね。『紫陽花亭』は何年も星がついてますね。名店だから」

「俺の子孫の店だぜ。俺が兄貴とやってた『八仙《はっせん》』って料理屋が、紫陽花亭の元祖なんだ。鼻が高いよ」

ご機嫌になって握り飯を何個も作り出す。

「玄さん、そんなに食べられないから。僕、一個だけで……」

「剣士、俺は決めたぜ」

「はい？」

剣士の言葉は無視して、玄が大きく声を上げた。

「つきみ茶屋にも星を取らせる。どうしたら格付けの審査員が来るのか教えておくれ」

「はあ？」

なんとも無茶苦茶なことを言い出した。

「そんなこと知りませんよ。ああいうのは隠密に調査するんだから。店側が気づいてたら審査にならないんです」

「そうかい。だけど、近々来るような気がするぜ。みるらんの審査員がよ。それで、俺たちがうんと旨い料理を出すんだ」

あーあ、八個も作っちゃったよ。誰が食べるんだ？

握り飯に気を取られていた剣士に、再び玄が告げた。

「この店も星を取る。番付に載るんだ。そのくらいの名店になってもいいんじゃねぇか。なあ、剣士？」

「はいはい。いつかそうなるといいですね」

「流すなよ。俺は本気だぜ！」

玄は光る目をますます輝かせる。

もしや、またひとつ心残りが増えたのではないだろうか？

だけど――。

いつの日か。
ここはミルランの星付き店になるかもしれない。
翔太と風間さんとの関係が、すっきりと氷解するかもしれない。
静香ちゃんと僕が、もっといい感じになるかもしれない。
いつの日か。
玄さんの心残りがなくなって、光と化して成仏するかもしれない。
——それまでは、目の前のことに精一杯向き合っていこう。
両親が遺してくれたこの店を、全力で守っていこう。
僕と翔太と玄さんの二・五人で。
支えてくれる仲間たちも一緒に。
「玄さん、今日も頑張りましょう。星が取れる店になれるように」
「おう、張り切っていくぜぃ！　その前に朝飼だ」
玄は満面の笑みを浮かべて、大量の握り飯が載った皿を差し出した。

◆

それから数日後。剣士は予期せぬ来客を迎えていた。

ミルランの審査員ではない。剣士の亡き母の弟である、叔父の小野田秀哉《おのだひでや》。九州の鹿児島《かごしま》で割烹を営んでいるのに、遠路はるばる神楽坂のつきみ茶屋を訪れたのだ。

常に日焼けしているせいか、四十代後半でも若々しく見える叔父。だが、久々に会った彼は眉間の皺に苦悩を忍ばせ、挨拶もそこそこに土下座でもしそうな勢いで頭を下げてくる。

「どうか頼む。つきみ茶屋の力が必要なんだ。うちの割烹を助けてくれないか？」

「ええっ？」

叔父の唐突すぎる申し出に、剣士は戸惑いを隠せない。

「剣士くん、お願いだ。奄美大島《あまみおおしま》に来てほしいんだよ！」

――遥かなる南の島、鹿児島県・奄美大島。

またもや新たな波乱が、つきみ茶屋に起きようとしていた。

参考文献

『江戸料理大全』栗山善四郎　誠文堂新光社
『完本　大江戸料理帖』福田浩・松藤庄平　新潮社
『江戸の食空間　屋台から日本料理へ』大久保洋子　講談社学術文庫

本書は文庫書下ろし作品です。

|著者| 斎藤千輪　東京都町田市出身。映像制作会社を経て、現在放送作家・ライター。2016年に「窓がない部屋のミス・マーシュ」で第２回角川文庫キャラクター小説大賞・優秀賞を受賞しデビュー。本書は、割烹の跡取り息子である月見剣士が、現代によみがえった江戸料理人の玄と一緒に難題を切り抜けていく大人気グルメ・ファンタジー「神楽坂つきみ茶屋」シリーズの４作目にあたる。他の著作に「ビストロ三軒亭」シリーズ、「グルメ警部の美食捜査」シリーズ、『トラットリア代官山』『だから僕は君をさらう』などがある。

神楽坂《かぐらざか》つきみ茶屋《ぢやや》４　頂上決戦《ちようじようけつせん》の七夕料理《たなばたりようり》
斎藤千輪《さいとうちわ》

講談社文庫
定価はカバーに
表示してあります

2022年５月13日第１刷発行

KODANSHA

発行者――鈴木章一
発行所――株式会社　講談社
東京都文京区音羽2-12-21　〒112-8001
電話 出版（03）5395-3510
販売（03）5395-5817
業務（03）5395-3615
Printed in Japan

デザイン―菊地信義
本文データ制作―講談社デジタル製作
印刷――株式会社KPSプロダクツ
製本――株式会社国宝社

ISBN978-4-06-527991-5

講談社文庫刊行の辞

二十一世紀の到来を目睫に望みながら、われわれはいま、人類史上かつて例を見ない巨大な転換期をむかえようとしている。

世界も、日本も、激動の予兆に対する期待とおののきを内に蔵して、未知の時代に歩み入ろうとしている。このときにあたり、創業の人野間清治の「ナショナル・エデュケイター」への志を現代に甦らせようと意図して、われわれはここに古今の文芸作品はいうまでもなく、ひろく人文・社会・自然の諸科学から東西の名著を網羅する、新しい綜合文庫の発刊を決意した。

激動の転換期はまた断絶の時代である。われわれは戦後二十五年間の出版文化のありかたへの深い反省をこめて、この断絶の時代にあえて人間的な持続を求めようとする。いたずらに浮薄な商業主義のあだ花を追い求めることなく、長期にわたって良書に生命をあたえようとつとめるところにしか、今後の出版文化の真の繁栄はあり得ないと信じるからである。

同時にわれわれはこの綜合文庫の刊行を通じて、人文・社会・自然の諸科学が、結局人間の学にほかならないことを立証しようと願っている。かつて知識とは、「汝自身を知る」ことにつきていた。現代社会の瑣末な情報の氾濫のなかから、力強い知識の源泉を掘り起し、技術文明のただなかに、生きた人間の姿を復活させること。それこそわれわれの切なる希求である。

われわれは権威に盲従せず、俗流に媚びることなく、渾然一体となって日本の「草の根」をかたちづくる若く新しい世代の人々に、心をこめてこの新しい綜合文庫をおくり届けたい。それは知識の泉であるとともに感受性のふるさとであり、もっとも有機的に組織され、社会に開かれた万人のための大学をめざしている。大方の支援と協力を衷心より切望してやまない。

一九七一年七月

野間省一